S 文庫

夜蝉

北村薰日常推理代表作

[日] 北村薰 / 著
董纾含 / 译

贵州出版集团
贵州人民出版社

YORU NO SEMI
by Kaoru Kitamura
Copyright © 1990 Kaoru Kitamura
All rights reserved.
Originally published in Japan by TOKYO SOGENSHA CO., LTD., Tokyo.
Chinese (in simplified character only) translation rights arranged with
TOKYO SOGENSHA CO., LTD., Japan
through THE SAKAI AGENCY and BARDON CHINESE CREATIVE AGENCY LIMITED.
Simplified Chinese translation copyright © 2025 by Light Reading Culture Media (Beijing) Co., Ltd.

著作权合同登记号 图字：22-2025-004 号

图书在版编目（CIP）数据

夜蝉：北村薰日常推理代表作 /（日）北村薰著；
董纾含译 . -- 贵阳：贵州人民出版社，2025.4.
(S 文库). -- ISBN 978-7-221-18972-1
Ⅰ . I313.45
中国国家版本馆 CIP 数据核字第 20256DY335 号

YECHAN（BEICUNXUN RICHANGTUILI DAIBIAOZUO）
夜蝉（北村薰日常推理代表作）
[日] 北村薰 / 著
董纾含 / 译

选题策划	轻读文库	出 版 人	朱文迅
责任编辑	陶 李	特约编辑	杨子兮

出　　版	贵州出版集团　贵州人民出版社
地　　址	贵州省贵阳市观山湖区会展东路 SOHO 办公区 A 座
发　　行	轻读文化传媒（北京）有限公司
印　　刷	河北鹏润印刷有限公司
版　　次	2025 年 4 月第 1 版
印　　次	2025 年 4 月第 1 次印刷
开　　本	730 毫米 ×940 毫米　1/32
印　　张	8.75
字　　数	194 千字
书　　号	ISBN 978-7-221-18972-1
定　　价	35.00 元

本书若有质量问题，请与本公司图书销售中心联系调换
电话：18610001468
未经许可，不得以任何方式复制或抄袭本书部分或全部内容
© 版权所有，侵权必究

夜の蝉

——流光掠影

目 录

胧夜边际
1

六月新娘
91

夜 蝉
169

导 读
263

胧夜边际

1

我正坐在大厅的一张老旧的长椅上。

此时此刻,我手里拿着一份有点怪异的公演小册子,等待朋友的到来。

这份手工制作的小册子封面是深蓝色的。上面用银色写了字,非常别致。

或许是碰巧吧,小册子封面的颜色和我身上的外套非常相近。寒冷的冬季里,我把这身衣服宝贝得不得了,临近三月依然穿在身上。说白了,我这么爱穿它,是因为内衬可拆卸。把里面的保温层拆掉,就预示着春天的脚步近了。所以,我也恰恰就在今早把里层拉锁拉开,拆掉了内胆。

外套摇身一变,轻了许多,胳膊穿过袖管的时候,感觉心情都莫名变得雀跃起来。之所以开心,一方面是因为感受到春之将至,另一方面是觉得又省了一笔开销。一件衣服能拆开当两件穿,真赚。

我会这么想，自然是与生俱来的穷酸气使然。换句话说，我从来都不是那种洋娃娃一样靠给自己攒漂亮衣服寻开心的性格。

这可能是因为我从小就一直拣姐姐穿剩的衣服穿吧，总之，我的大部分衣服本身就不属于我。就算我想开开心心地穿在身上，那些衣服也并不给我好脸色，不肯老老实实喊我一声"主人"。

翻开我家的相册，能看到好多姐姐的漂亮照片。比如，其中一张是这样的——

照片中，姐姐面对镜头站着，穿着一条红得过分、艳得惊人的裙子，模样好似一朵罂粟花（胸口甚至还系了个巨大的缎带结）。她脸上荡漾着不输那热闹色彩的、大大的微笑，简直如同童话里的公主。

父亲紧挨着她站着，伸出的胳膊轻搭在她右肩上。

父亲的大拇指、食指和中指都揽着她的肩。

后来，我也一年年长大，到了那张照片中姐姐的年纪。父母果然找出了她那条红裙子给我穿。可是，我连镜子都不想照。

我身上那裙子的红色就只剩艳俗，再无其他。

"哎呀，真可爱！"

我就知道母亲会这么说。

我冲她露出个微笑。

母亲的夸赞发自真心。

所以我也只能报以微笑。

每当我试穿这种裙子的时候，姐姐都一定会在房间里。

或许是因为我这一身过于正式，显得穿一身便服的姐姐格外随意，不修边幅。我站着，她坐着，但她并不会坐得端端正正地欣赏。她姿势放松，有时候甚至还盘着腿。她那双睫毛长而浓密的大眼睛凝视着我。

我整理好裙摆，摆好丝带的朝向，践行人靠衣裳马靠鞍的时刻到来了。姐姐则轻松地站起了身，路过我身旁离开了房间，开朗地扔下一句：

"你穿超合身。"

就这么穿出家门，外头那些邻居还有朋友应该都会发自内心地夸赞我吧。所以说，我长得的确很可爱。

不过，长耳朵还得配兔子才顺眼。姐姐的衣服，还是得穿在姐姐身上最"漂亮"。

这结论太过显而易见，我压根不在意。

关于衣服，我觉得还是自己买给自己最合适。比如说我身上这件深蓝色外套。我大概是在前年秋天买的，纯棉质地，从9800日元打折打到了4500日元的样子。

身上穿的，我最爱买便宜货。

我厚着脸皮不去打工，还一直和家里说"你们知不知道学生住的那种公寓一个月租金有多贵啊！"然后报出一个天文数字，再加一句"我还是走读吧，这样能省不少钱呢"。坚持长年"不劳而获"。

我摆出一副压榨劳动人民的贵族派头，但形象上并不似平安时代那种公卿，倒是更像江户时期的公家。生活水平并不怎么样。

唯有花在书上的钱，我一分都不能省。所以自然只能从衣食方面做些削减。

话虽如此，饮食方面我还是有"恩格尔系数"这个概念的，压缩过度我会暴瘦或者饿死。我挺瘦的，不打算减肥了，而且还想长命百岁呢。

所以，我就把压缩的力道，全都放在了衣服上。

2

"嘿！"

江美走进大厅，懒散地冲我挥了挥手，打了声招呼。此时是开演前五分钟。

"可算赶上了，好险。"

因为等了她四十多分钟，我这句话说得略带挖苦。不过，江美属于相当靠谱的类型，关键时刻从不掉链子，所以她本来也不可能迟到。江美下颌圆润，皮肤白皙，一双眼睛总是带着笑意。

"应该有座吧？"

她真的很会估算。

"应该有吧。"

我们既没必要像准备参加偶像演唱会的中学生那样情绪高涨，也没必要急吼吼挤到入口那儿。毕竟我们今天要见的台上人寂寂无闻。她就是我们的朋友高冈正子。

顺带一提，正子的读音是"shouko"。不过，她可能常被人误喊成"masako"吧，所以总听到她大喊着纠正别人"我是小正（shou）啦！"正子鼻梁高挺，眉毛也很硬朗，五官有点像男孩子。

我们三人就读同一所大学，都是文学系的学生。大学一年级的时候我们又都选修了法语，成了同班同学，从那以后就经常一起玩儿。

说起来，真怀念大一的生活啊。那时候的我态度坚定地认为选法语应该能学以致用，于是趁着那股热乎劲儿去丸善书店的外语学习区买了本《法语入门》的有声教材。其实初级入门书在哪儿买都是一样的，可想到要好好学一门外语，我就煞有介事地跑去了主营外国书籍的丸善。现在想想，当时的我真是傻得天真。

我从法语字母开始学起，最后差不多学到魏尔伦的《落叶》(《落叶》是上田敏翻译的版本。堀口大学译的那一版名叫《秋之歌》)。当然，我读的是法语原文。如今那些作品早就被我收纳起来，在置物间里沉睡。外语课我上了两年，回头想想，我对着磁带出声跟读的时间真的很短。

光是翻阅字典，就要承受高于英语数倍的，不，还要更多的预习压力。我没过多久就产生了"想办法随便把法语课糊弄过去好了"的学习态度。和我高中那会儿对待数学的态度一样。

所以今年冬天，当我最后检查完法语考卷时心中冒出的感慨，也和当年读高中时最后检查数学考试卷子一样。它俩一个是可口可乐一个是百事可乐，倒进杯子里看不出什么两样。

那是一种"从今往后，我这辈子都不用再学了！"的恍惚感。当然，也夹杂着一丝对自己的窝囊劲儿产生的自责情绪。

我们三人里学得最努力的是江美。剩下我和正子大概就是：

"记住什么法语词了吗？"

"只记住个 Je n'ai pas d'argent。"

这是一个极其日常的口语例子，意思是"我没钱"。说罢，我们又哄笑成一团，真是毫无志气的大学生。

至于法语单词，也只有那么几个比较喜欢的才能拼对。遗忘的本领何其伟大，远远超越了记忆力，只要是没有发自真心地想要记住，那些单词就以迅雷不及掩耳之势快速脱离了大脑（也有可能单纯只是我的脑子不好使吧）。

说到拼写，去年我们上了一个英国老师的课，这位老师是拿剧本当教材来授课的。结果我发现自己竟然拼不出"perhaps"这个词。写了一个"p"之后，我就想不起接下来究竟是"a"还是"er"了。"真是了不得啊。"我对自己产生一种贬义的钦佩之情。

这位老师四十来岁，看上去像年轻的卡拉扬[1]。

有一次我和江美在校园的中庭里闹着玩儿，尝试像青蛙似的跳起来够树枝。那位英国老师正巧从我们身旁走过，说了一声"我行！"然后发挥了他的身高优势，猛地一个起跳，精彩地碰到了树枝。真是个开朗有趣的人呢。

这位老师在日本主要研究日本文学。比方说，上课的讲义里出现了"herring（鲱鱼）"这个词，他会立马开心地在黑板上写下一个大大的"鰊"[2]。然后喜滋滋地沉浸在学生们的惊呼之中。这时候，他还会再来一手，等赞叹声平息，他又会说"或者呢……"然后再写个"鯡"字。这回大概是有点表现过度吧，在座的学生们不领情了，发出喝倒彩一般的"哦……"坐我旁边的小正也是喝倒彩的成员之一。

---

[1] 指赫伯特·冯·卡拉扬，奥地利指挥家，键盘乐器演奏家和导演。（如无说明，本书脚注均为译者注）
[2] 日文汉字，即鲱鱼。

不过，我是个连拼"perhaps"都会卡壳的人，站在我的立场上反过来想想，倒真应该对他表示钦佩了。

3

要说我们三人之中的小正为什么走上舞台了呢？那是因为她加入了一个名叫"创作吟"的社团。

江美参加的社团演的是人偶剧，他们的作品我倒是看过几回。大学放假的时候，他们剧团还会去地方上做一个为时一周左右的公演。

江美经常笑嘻嘻地和我们讲些演出花絮，比如在打架的场面里，扮演帅哥的人偶头突然掉了，或者放错了音效，明明是家中被毁，结果台上传来老虎"吼、吼"的咆哮声一类的。

不过，小正的剧团究竟在做些什么，迄今为止还是个谜。

她虽看上去心直口快，但又莫名会隐瞒一些细节。比如，当我们聊到星座时，我会马上大喊："我是摩羯座！"江美也立刻说："我是双子座！"紧接着我们俩齐声问：

"小正呢？"

结果她却说："不要啦，我才不会告诉你们我是什么星座嘞。"

小正真是个不可思议的人。

此前,我们也只知道她社团的名字而已。因为有个"吟"字,所以以觉得这个社团应该会有演出,于是和她打听,结果她只是冷淡地说了句:"不清楚。"

然后,差不多一星期前,我们一起去涩谷看戏。看完之后,我们仨一边摩挲着被挤痛的腰腿,一边喝着茶。正在这时,小正突然说:

"下周,我要上台演出。"

我惊得张大了嘴,江美倒是没慌,也没有大喊大叫,只是说了句:"啊呀,是吗?"

看样子是很自然地接受了这个新闻。于是我也在一旁说着:"哎呀,不得了不得了。"

"你们想看吗?"

小正本来说话蛮不客气的,此时却有些羞涩。

"想看想看!想看你在舞台上的样子!"

"你们啊……"

小正说着,掏出深蓝色的戏票,轻轻摆在了奶油色的桌子上。上面写着"第二十七回:创作吟发表会"。

"欸?都坚持办那么多届了啊?"

"这叫作有传统好吧!从以前起就是这样,大多是春季秋季各办一次。"

演出地点好像在池袋。

"票背后有地图。"

把那张票反过来,只见票背后画着导引图。看样子得稍微步行一段路。

"一直都是在这儿办的吗?"

"没错,因为创立这个团体的元老之一以前正好在这所场馆附近读高中。之后这个习惯也就延续下来了,所以这种演出在那一片地域是有固定受众的。"

"也就是说,和本地民众关系紧密喽。"江美慢悠悠地说。

"嗯,算是吧。"

小正回了这句话后,双手合十,清脆一击,道:

"给钱吧!一张五百。摸过的票就不能退了哦。"

4

"让你抢了先啊。"

我们并排在场内坐下。这是一个公立会场,照小正的说法,就是一栋"颇有传统气质"的建筑。墙面的涂料略有些斑驳变色,会场里能坐两三百人的样子。

"咦?明明是你到得更早呀。"

江美少女般俏皮地一歪头。

"不许装傻!这是什么啦!"

我抓着她长裙的袖子,扯起来。

"此乃袖子是也。"

"你好狡猾!"

其实我们之前喝茶的时候就问过小正,届时应该穿什么衣服去看演出。我当时说:"毕竟是发表会,肯定得穿正式点的衣服吧。"结果小正说:"穿那么正式,到时候坐在观众席里超级醒目的。有些人可是踩着凉拖就来了,所以你们怎么舒服怎么穿就好啦。"

就是因为听她这么说,我才穿了件随意的外套。仔细一想,我外套颜色和门票一样,大概是潜意识得到的暗示吧。

"我前天买的。"

江美稍微拉开裙子展示给我看。那是一条宽松的长裙,颜色是明亮的象牙白色。她头发上也扎了同色系的发带,这个发带和长发江美特别搭。

"好漂亮!是为了今天看演出特意买的吗?"

"怎么会啦,只是凑巧而已。"

此时,开幕铃响了起来。之前在大厅吸烟的人也都走进了观众席。

观众坐得稀稀拉拉的,东一个西一个。乍一看有点不好判断,上座率大概有四成的样子。大家的装束也是各式各样,穿得最隆重的貌似只有江美。不过,她那张肉嘟嘟的小圆脸始终挂着笑,装束一点都不突兀,和其他观众坐在一起也显得融洽极了。

"王子与……"

我张开嘴正要说话，观众席的灯光缓缓暗了下来。

不过灯没有彻底灭，估计是想让观众能对照手里的小册子，更好地欣赏台上的吟咏表演吧。

"欸？"

江美小声回复我。我拍了一下她那被长裙盖住的双膝，又拍了拍穿着休闲裤的我自己的膝头，同样压低声音说："王子与贫儿。"

"哪有的事。"江美一边看向舞台，一边微笑着，语气温柔却有力地回道，"顶多是公主和老百姓吧。"

广播向前来观赏的观众发表问候之后，淡紫色的帷幕便缓缓升了上去。

啊，从左数第二个就是小正。我正想到这儿，只见站在她旁边，也就是一群人正中间的表演者微微抬高视线，缓缓开口发声，原来她是女高音。她身材娇小，梳着蘑菇头，和她的圆脸型很相称。

> 吉野山氤氲着薄雾，白雪曾覆盖的村庄
> 呀，春日渐近。

没错，正是《新古今和歌集》开篇的第一首和歌。由后京极摄政藤原良经[3]所作。我顿时浑身起了

---

[3] 藤原良经（1169—1206），镰仓时代初期的歌人，也是当时的从一位摄政、太政大臣。

一层鸡皮疙瘩,那是一种特别舒爽的感受。

紧接着,女高音右边的一个音色甜美的歌手继续演唱。她唱的是天才少女若草宫内卿[4]所作的和歌。

> 野原新绿且浓且淡,一如冰雪消融,此快而彼慢。

紧接着,我好似乘上筋斗云一般,纵身飞向了中华大地。台上的五个人一起合唱道:

> 千里莺啼绿映红,
> 水村山郭酒旗风。
> 南朝四百八十寺,
> 多少楼台烟雨中。

5

小正的嗓音很动听。

她经常随口哼唱。虽然主要是听些新音乐,不过她唱歌时曲风还是很多样的。

前一阵子是期末考试周,某天赶上下雨,我们交

---

[4] 若草宫内卿(?—1204年前后),镰仓时代初期的歌人,曾任后鸟羽院女官。

了卷子就并排走出教学楼,正巧雨停。我带的是把折伞,但小正那把不是。

只见她灵活地将伞面卷起来,扎成一根棍状。紧接着就突然高呼"吃我正义一剑!"随后开始放声唱起动画三剑客之歌,挥舞手中的"剑"向我刺过来。

小正的嗓音可塑性强,还包含着丰富的情绪。

她的独唱表演排在第四位。

渡水复渡水,
看花还看花。
春风江上路,
不觉到君家。

在我眼前,一个新的世界徐徐展开。朗朗吟唱着的小正,她的面庞惊人地熠熠闪光。

和歌、汉诗、俳句,这些诗歌形式交相辉映,编织出一幅春日的绘卷。云霞升腾,早樱盛放,花瓣如雪一般漫天飞舞。小正继续吟唱着:

行路多艰择石高枕眠仿卧花丛间

那歌声无比唯美,引人陶醉。而且,或许我这么说略有些奇怪,那歌声颇带了些冶艳之感,我甚至有些担忧:"这样会不会不太合适啊?"小正的专业是研究江户俳谐，问问她自然就知道了，这作品本来就是一首风流之句。

不知不觉间，春日迟迟。

圆脸的女高音再度缓缓唱道：

留恋佳人流连灯火樱花开且落

在小册子上看到这段文字时，我总感觉它过于欲求不满，并不算什么佳句。可当这首诗被吟唱出来时，"留恋佳人"的"留"与"流连灯火"的"流"同音不同字，交相辉映，展现出了一种寂寥之美。

紧接着，低声部的人齐声唱道：

夕月上中天，潮起潮落。难波江芦苇的嫩芽尖，露出了白色的水波。

随着潮水涨起来，夜晚也逐渐丰盈。似乎是错觉吧，我总感觉观众席上的灯光仿佛也渐渐昏暗了。

最后的一曲，由小正吟唱：

胧夜沉沉掠过最边际雁声阵阵

6

"唱得真棒呀!"江美说。

"谢谢啦。"

向我们走过来的小正和站在舞台上时完全不同,已经换上了牛仔布短裙。修长的双腿线条优美,刚才她一直是以这样一副装扮站在剧场出口,对离场的观众们行礼致意的。

至于我们这边,我想着反正她再忙我们也能聊上两句,所以就跑去大厅的长椅上坐着等她了。

"这位女士觉得如何?"

小正一屁股坐在了我旁边。

称呼我为"这位女士",是她的习惯。这家伙心情不错的时候还会自称"在下"。从好的方面想,大概是因为和我聊天比较开心吧。

"十分感动。"

"得了吧!"

"干吗欺负我,我说的是实话欸。"

我一边把小正的手拨拉开,一边严肃地回答。

"尤其是最开始……"

后来,台上又表演了几段个人吟唱,最后是一位男性表演者站在中间位置,吟唱了一首讲述杜甫一生的诗。虽然这些演出个个都很精彩,但在我看来,印象最深的还是一开场那一连串咏叹春季的诗歌。

此时,江美语气随意地插了一句:"那一组是小正编的吧。"

她说出这话时语气里没有任何疑问的成分,像是直接陈述了一个既成事实一般。小正没有回应,假装若无其事地望着接待处的桌子。

我一拍膝盖。

"啊!所以才送我们票的啊!"

"才不是哦。"

江美仿佛小公主一样,语气十分惹人怜爱地纠正我。

"是卖,不是送哦。"

"正是如此。"小正伸着脖子模仿她。若揣测她的心境,与其说是对自己胸有成竹所以喊我们来看,倒不如说更像是吃到了美味,希望能和我们分享。

"那一组里最后的一首……"

听我提到,小正向我看了过来。舞台上的歌声再度回荡于耳畔:

胧夜沉沉掠过最边际雁声阵阵。

"好厉害!"

"夜的边缘逐渐泛白"这一句倒是家喻户晓,但是这个"胧夜沉沉",我倒从未听过。诗歌作品之中出现"雁"时,往往给人成排南飞而去的感觉,所以雁才被认为是象征秋季的元素。可这首俳句咏的是"胧夜",胧夜,指的是春季。也就是说,这些雁都是归雁。

"嗯,我觉得很宏大。"

小正点点头。

我也好似照镜子一样点点头，动作和她一丝不差。

遥远的苍穹之下，雁啼之声"掠过夜的边际"。更展现出一种无限延伸、看不到尽头的感受。而且那夜，还是一个朦胧的、氤氲着雾霭的、白茫茫的夜晚。

我不知道该如何清楚确切地用语言表达我的感受，只好愣愣地嘀咕着："……雁。"

说句题外话，我住的地方有一种点心名叫"初雁烧"。再看看落语这门艺术，里面也有一个我非常喜欢的段子，叫"雁风吕"。这个故事是从水户黄门大人看到"松与雁"的纹样时疑惑"如果是'松与鹤'不就好懂了吗？"开始的。

"诸九是什么样的人呢？"

"和加贺千代女差不多同一代人吧。[5]"

"千代女？"

怎么提起她来了呢？小正似乎看出了我的疑惑，于是忍不住笑了。

"因为诸九她也是女人呀。"

这实在太出乎意料了，我一时不知道说什么好。

"这位女士一年到头沉迷书本，看来还是欠点火候。有井诸九可是连全集都出过的哦。"

---

[5] 有井诸九（1714—1781）与加贺千代女（1703—1775）都是江户中期的诗人。

"欸！"我钦佩地惊呼，但紧接着就意识到了，这很不公平。

"可是，这属于小正你的专业范畴啦，咱俩的研究方向本来就不一样啊。"

我们几个人已经聊过毕业论文该写什么的话题了。小正要写江户俳谐，范围大概就定在天明年间[6]。江美要写平安时期的《落洼物语》。我虽然心里也有计划，不过并没有非常具体，大概就是近代那段时间吧。

去年，主攻近世文学的加茂老师对我十分照顾。所以当我们偶然在走廊相遇，对方问我"毕业论文准备写什么？"的时候，回答"近代"时我心里多少有些难受。

"不管不管，我赢了我赢了！"

小正扬起右手挥舞。

我向她那双手对面望去，正看到一个男人。此人肯定是"创作吟"社团的，接待处的桌子已经收拾妥当，他此刻正在搬运桌边的椅子。

这个人个子比较高，长脸，戴眼镜。

他穿着一身皱巴松垮的深蓝色运动裤和长袖上衣，那身衣服好似被随意揉成一团塞进了衣柜抽屉，然后又胡乱扯出来套上身一样。

---

[6] 日本的年号之一，在安永之后，宽政之前，指1781年到1789年。

椅子很重，不是那种轻便的塑料椅。

只见他猛地一使劲儿，把椅子抱起来搬走了。

因为之前看到的男性穿的都是合身的牛仔裤和灯芯绒长裤，动作也轻快利索。更显得这个男人穿着之土气。

只见他晃动着那宽大的后背，向远处走去。

"你看什么呢？"

小正顺着我的视线看过去。

"安藤前辈有什么奇怪的吗？"

"他衣服和我一个色欸。"

我抓起自己的上衣给她看。随后脱口而出一句奇怪的话："……好帅呀。"

等说出口，我才猛地反应过来。眼前，小正和江美已经面面相觑了。

连我自己都不知道刚刚为什么会突然溜出那么一句话。这也太奇怪了！我急忙辩解。

"……因为……因为我就是那么想的，没忍住嘛……"

没错，因为是主观想法，所以怎么说都行，毕竟这属于个人自由。

而那个"好帅"的人因为抱着的椅子太大，不得已走成了外八。此时正晃晃悠悠转过一个拐弯。

"咱们先不谈这个喜恶问题哦，不过他那样子，应该没法用帅来形容吧？"

小正评价着，站起身。

"要走了？"江美问。

"我也得去帮忙嘛，要撕海报，还要打扫场馆周围。"

"辛苦喽。"

"嗯。"小正应了一声，然后冲着我伸出食指，摆出一个开枪的手势，道："有井诸九可是出过轨的哦。"

"在江户时代？"

"她和男人私奔，从九州逃去了大坂。"

她可真不一般啊。

7

"原来也不只表演汉诗吟诵呢。"

我撇开诸九，从整体角度评价今天的表演。

在高中的汉文课上，老师会给我们放吟诗的录音带听。我对当时听到的汉诗印象十分深刻。因为社团的名字里有"吟"，所以下意识先入为主了，以为和当年录音带的风格相近。

"是啊，毕竟上台表演的人并不都是学习中国文学或者日本文学的，还有人学的是政治经济、理工一类的……"

小正说到一半，刚刚那个男生又回来了。这个大厅本来也不大，他就在我们斜对面的长椅前站定，连着做了两三个背部拉伸动作，然后坐了下来。

"说起来，安藤前辈也一样。他虽然是文学部的，但专业学的是俄语。"

"哦。"

"啊，对了。"

"怎么？"

"这位女士，我记得你之前不是嚷过要看索洛古勃什么的吗？"

"嗯。"

索洛古勃是活跃于十九世纪末至二十世纪初的俄国作家。之前我在俄国作家名作集里读到过他的作品，今年冬天，我又读了收录有他个人短篇集的文库本，彻底被他征服。索洛古勃那仿佛被笼罩于落日余晖之下的、黑暗却又甜美的文笔，真是令人过目难忘。

"安藤前辈有索洛古勃的长篇作品哦。"

"真的吗！"我好似抽到大奖的小孩子一样高声叫喊道。

紧接着，小正扔下一句："那拜拜了。"然后就准备转身离开。

"等一下啦！"

一旁的江美看着我们两人，忍不住扑哧一声笑了出来。掉进小正的圈套虽然心有不甘，但事已至此，也没办法了。我站起身拦住了她。

只见小正一边悠然自得地原地踏着步,一边念叨:"撕海报……撕海报……"

"你好坏!"

"什么啊?"

"借来嘛。"

"书吗?"

"当然了啊!"

小正听我这样讲,露出一个坏笑道:"这位女士,你态度好差啊,这书不是你想读的吗?你自己找他借呗。"

她在开我玩笑呢。毕竟我刚刚莫名其妙地说走了嘴,夸那个男人好帅。

"可是,他不是小正你的……"

"我前辈。安藤同学。记住喽,是安藤哦。"

"安藤前辈。"

我们话题中的男主角所坐的长椅旁,是一盆病恹恹的观叶植物。那模样和这个老旧的剧场倒还挺搭的。此刻,他正出神地望着那些耷拉的叶片。

"那我告辞了,拜拜。"

小正挥挥手,真的就这么走了。

我转过头看着江美(怎么办啊)。

她再度摆出小公主一样的表情,用力一点头(一路走好)。

没办法了，我这都是为了借书。

于是，深蓝色的大衣横穿过大厅，一点点向着深蓝色长裤移动了过去。

正在这时，这位俄文学长偏偏就在我靠近他的途中猛地站起了身。他似乎是想起还有什么工作要做，转过身就准备离开。

我急了，喊了他的名字，可他却没注意。

（啊啊，我的索洛古勃要逃掉了！）

我攥紧了手，提高嗓门喊了一声："安藤同学！"

"啊？"

他正走到长椅另一端，此时停住了脚步转过头，环顾四周。看了一圈过后，他那略显惊讶的视线才总算落在了我身上。

"是叫我吗？"男高音的声线高亢且洪亮。

那双眼睛透过镜片看过来，仿佛看不清楚一样地微微眯着。是一双温柔又有亲和力的眼睛。

不提别的，总之先鞠躬问候！想到这儿，我急忙弯下身子。

"突然喊住你，非常抱歉！"

自然，对方那一脸的狐疑依然没有变化。

"……那个，我是高冈正子同学的朋友。"

我语速很快地解释道。于是，这位俄语大哥脸上的疑惑总算冰雪消融。紧接着，不知为何，他的长脸上显露出一个忍俊不禁的表情。

8

压力锅好重。

我试着拿起来了一下,然后立马又放回到了灶台上。

我准备做点牡丹饼馅。这就得先用压力锅煮点红豆才行。煮熟,再沥干水转移到锅里。

母亲是个非常喜爱牡丹饼的人。据她说,小时候如果听到家里说"今晚吃牡丹饼",她会陷入狂喜,雀跃得不能自已。听上去有点夸张,但据她本人讲,的确是真的。

"跟你说啊,在我小时候,想喝苏打汽水都要看日子的,平时可都喝不上呢。每个夏天只能喝一次吧。夏天里呀,有时候不是会热得让人忍不住大喊一嗓子然后猛地冲出去吗?"

"是是是。"

"要说,'是的'。'是'说一次就好了。"

"是的。"

"只有那种日子,爸爸会说:'咱们今天喝苏打饮料吧。'然后喊我去卖酒的店里买回来。"

妈妈口中的"爸爸",指的自然是她的爸爸。

"那你有没有大喊一嗓子猛地冲出去?"

"我那只是个比喻而已啦。天热得连路上的柏油都在融化,我当然是选阴凉的地方走了。走到店里,买了三矢苏打汽水,兴奋地跑回家。家里面已经摆好了一排杯子等着了。要趁汽水凉的时候喝嘛。"

当然了,那时候家里是没有冰箱的。

然后就是一系列对汽水的描述,母亲还要加入"唰唰唰"的拟声词去形容。三矢苏打汽水,这名字听上去就有种特别生动活泼的感觉。

正是因为生活在那样一个时代,所以对于母亲来说,牡丹饼就是点心之王。如今虽然去趟商场随时都能买到,但外面卖的就是和母亲亲手做的风味不同。首先是大小上的区别。店里的和母亲做的摆在一起,就像一个小学生和一个大学生站在一起一样。母亲做的牡丹饼很重,手感很好。然后就是饼皮和饼馅的调配,还有刚刚做好时的热乎劲儿。一份牡丹饼,再配上一杯浓茶,能顿时令人食欲大增。

母亲在春季和秋季做的牡丹饼和萩饼、夏季的鳗鱼饭(她会从街上的鱼店把鳗鱼买回家,自己为鳗鱼调味,再烤制)、冬季的伊达卷(这道菜她会从把半平鱼肉饼磨碎开始做起),这几道菜,谁吃了都要赞叹一声:太好吃了。

我读小学时就下定决心要继承母亲手中的美妙风味了。我还曾幻想过以后给自己的孩子做这些,听孩子说一声"妈妈好会做饭呀!"一类的话。可是,我实际的模样和在大家眼中的样子不同,我并不是什么严谨认真的人,而是个很懒散的家伙。所以我这项从童年起就做好的计划自此便搁浅了。

我倒是给母亲打过下手,但我的动作像个机器人一样僵硬,该在料理里加什么,加多少,这些我都没能记录下来。

而最关键的这道牡丹饼更没有任何相关记录。我其实有点怕压力锅这种东西,不太愿意用它。可在隔壁太太的强烈推荐下,压力锅成了我家厨房的一分子,做饭用起来方便了不少。

虽是三月,但距离彼岸[7]还有挺长时间。晚餐闲聊时,不知怎的聊到了牡丹饼,于是我决定顺势做一回。

反正今晚我也一样是晚睡,干脆趁此机会独自做一回牡丹饼馅。我找出笔记本记好了做法,正当我一个人笨手笨脚地计量红豆克数的时候,姐姐回来了。

"——哎呀,要做牡丹饼?那你加油哦!"

她轻轻拍了拍我的头,回屋睡觉去了。

我非常喜欢夜深人静,全家都已熟睡时的厨房。此时,白天很难听得到的电车奔驰声从十分遥远的地方飘来。

果然,用了压力锅后,很快制作过程的第一阶段就完成了。我把煮好的红豆放进布袋子里绞,绞好后又倒进锅里加糖搅拌。

如果是两个人做,就可以一个人双手斜端着锅,

---

[7] 以春分或秋分为准,前后各三日,总共为期一周的时期,日本人常在此时扫墓。

另一个人用铲子把红豆馅扒拉出来了。我和母亲一起做馅料的时候就是这么配合的。

可我现在是独自一人，没法这么弄。我只能先把套了个布袋子的大盆摆在一边，再用勺子一点点从压力锅里舀出红豆。可就在我漫不经心地准备动手时，却发出了一声惨叫。

摆盆子时，我右手的手背不小心碰到了灼热的压力锅。

我慌忙收回手，有些狼狈地舔着被烫伤的地方。
（好痛。）

9

其实，我知道被烫了得先冰敷。

可我当时莫名地在心里较起了劲，觉得"这点烫伤算不了什么！"继续干起了活。可是，挨烫的位置火烧火燎起来，我逐渐忍不住了。

没办法，我只好放弃较劲，拧开了水龙头，用流水冲洗被烫伤的手背。水触碰到我的手背后顿时延展开来，仿佛为我的手套上了一层玻璃手套。水流从小手指和无名指的指尖流淌而下，仿佛两道细细的瀑布。

水流的声音在房间里回荡，异常地响亮。

（我又搞砸了啊。）

虽然有些恼火，但这纯属个人失误，怨不得谁。不过正因如此，我更觉得恼火。

我拧上了水龙头，甩了甩手，抖干水分。紧接着，我濡湿的手指用力一弹。没承想，无名指准确无误地弹到了水龙头上。

"啊！"

我声音高亢地惨叫了一声，蹲下了身。

活了二十年，如今我才第一次知道，弹到水龙头竟然这么疼，真是，疼死了啊。

幸好这会儿夜深了，没人看到我这窘迫的模样。我像个正在祈祷的伊斯兰教徒，一会儿用脑袋抵着地面，一会儿又欠起了上身。就这么反复几轮下来，那种刺痛的感觉才逐渐有了缓解。

总算恢复了些松弛感，我又意识到：现在全世界正在这么做的女生大概就只有我一个吧。一想到这儿，我就觉得自己又傻又可怜。

我慢吞吞地站起身坐在椅子上，拿起了桌上的遥控器（明明是个平平无奇的物件，起了这种名字真显得小题大做）打开了电视。我准备先歇口气再说。

电视上正在播放深夜的曲艺节目。

自从进入大学校园，再加上与生俱来的低血压作祟，我彻底成了昼伏夜出派，晚上不睡，早上不起。我一般都是为了看书才不睡的。缩在被子里读书，困了就可以直接入睡——这对于我来说简直是无上的快乐。

然而,今天却和以往不同。今天的我,正在看着出现在深夜曲艺节目中的春樱亭圆紫。

春樱亭大师的表演风格柔和温暖,我很喜欢。读初中那阵子我都是一次不落地收听他的节目。去东京读大学后,我回家会路过上野。如果铃本剧场演出的压轴是春樱亭大师,我就会中途下车跑去看。

说来,在去年梅雨季,以某个蹊跷事件为契机,机缘巧合下我竟有幸和圆紫大师说上了话。中间又经历了一些曲折,总之,年末我甚至收到了大师送的生日礼物。

此刻,电视上正要播放圆紫大师的落语表演。

我在看电视节目表的时候,一定会特别注意出演者的名字。更何况,今天圆紫大师要表演的曲目,竟然是我尚未听过的《山崎屋》。

电视屏幕上不断跳跃、涌动着各种色彩。广告一条接一条,没完没了。我的情绪也变得被动起来,只好把音量调小,耐着性子等待。终于,主播和解说者出现了。

两个人隔着桌子聊起了江户时代的货币价值。

紧接着,画面中出现了落语表演的舞台,耳畔响起了熟悉的出场音乐。那是《外记猿》的音乐。在典雅华丽的旋律之中,春樱亭圆紫大师出场了。

圆紫大师年约四十，出现在电视那四方屏幕中的他，看上去好似女儿节已过却被忘了收好的娃娃一样。皮肤雪白，眉形优美。

他们从税金谈到了人力费用，接着说明点一次花魁要花三分[8]，还包括见习新造[9]的费用。因为在《山崎屋》这出戏中，山崎屋的少当家把自己迷恋的花魁说成是"在大宅子里干活的姑娘"，并将其娶回了家。

这故事最后的一场，是毫不知情的老爷和刚做了少奶奶的花魁之间的对话。

老爷问她之前是给哪家干活，她回答的是"北国"。也就是花柳街吉原的通称。紧接着，老爷又把参勤交代的路和花魁游街走的路搞混了，大惊，不相信她走了那么远，于是说："巡游诸国是六十六部。你是在巡游六十六部的途中被天狗附身了吗？"结果花魁回答："不，三分就行，还算上见习新造的费用呢。"

这部作品中包含了一些需要事先解释的包袱，这一点略显无聊。不过结合表演倒也颇有些韵味。其中富有节奏的对话也加分不少。不过，主要还是因为这故事已不可能在现在发生了，只有在那个时代，加上老爷和花魁的样貌状态，还有装疯卖傻和稀里糊涂的

---

(8) 江户时期的货币单位，一分金为四分之一两。
(9) 年纪较小的见习游女。

对话，才令这故事显得如梦似幻。

我关掉电视，厨房顿时陷入无声，显得比此前更加安静了。

被烫伤的位置还在火辣辣地疼着。我抬手看了一下，发现右手小指下侧已经烫起了水疱，仿佛粘了一层透明薄膜一般红肿发亮。

接下来就只需要搅拌一下红豆馅就好了。弄完就抹点儿药吧。

"……三分就行，还算上见习新造的费用呢。"

我小声嘀咕着，站起身，再度走向炉灶。

10

翌日，制作牡丹饼的工作转交给了母亲，我则出门去东京，连跑好几家书店，赶场连环约会。

虽然这个形容有点奇怪，但事实如此。如果只逛书店，那顶多算是日常活动。但为了和他人见面所以去书店就另当别论了。

一点钟，我要在高田马场的书店见俄文学长。

毕竟是我想借他的书，再加上我比较闲，随时能约。时间就由对方决定，至于见面地点，我脑子里除了书店也想不到别的了。

一拿到想要的书，我马上问他："请问我该什么时候还你呢?"

"什么时候都行,放完假开学了再还也可以。"

"不,两三天我就能还了。"

"你性子好急啊。"

俄文学长笑了。随后,我们约好了三天后还在这里见面,我还他书。

坐上地铁,我看了看自己的手。烫伤的位置已经恢复如初。我的手细弱瘦小,之前我还曾经在邻居家短暂地学过一段时间的钢琴,不过一碰到音域较广的曲子就弹得很吃力。也不知为何,就忽然想起了这段往事(而且后来教我钢琴的老师结婚了,课程也渐渐不了了之。我的乐感不如姐姐,所以这段学业无疾而终,倒也不知是幸运还是不幸)。

我仿佛看到了刚刚俄文学长递书给我的手,叠在了我自己的手上。

男人的手真大,我心想。

我在九段下这一站下了车,向神田走去。某家独占整栋楼的大型书店内,小正已经准备好在收银台边开始打工了。

我在有些杂乱的一楼乘坐电梯,一路坐到了贩卖学术书籍的楼层。这一层只有我一个人下了电梯。电梯门开启,我踏进这层楼四下张望——客人并不多。

我立刻看见了收银台。

于是假装不经意地向那边靠近。

白色的台面背后，站着穿了一身淡蓝色制服的小正。她此刻的气质不像"小正"，更像"员工高冈正子"。她的头发蓬松地飘在肩头，表情严肃紧张，看上去一副干练沉稳的架势。

小正立刻发现了我，但是表情一点儿没变。

我向收银台又靠近了几步，站到了她面前，手抓着单肩包的背带，轻轻行了一礼，说了声"不好意思"。然后又压低声音问道：

"请问，和辻哲郎的《美味牡丹饼的做法：理论与实践》这本书应该去哪儿找？"

小正手按着收银台，把脸靠近过来，轻声回答：

"小——笨——蛋。"

11

我在书架之间信步闲游。看着排列整齐的书脊，感觉很安心，很放松。

专业类的书籍大多比较昂贵，所以这家书店里卖的书我大多会跑去二手书店买。至于一些基础的书籍，因为父亲以前就是国文专业毕业，所以家里蛮多这种书的。于是呢，我很少会去卖新书的书店买一本超过两千日元的新书。

图书馆也是我的大恩人。记得读小学那阵子，我像蚂蚁搬家那样不停地从学校借书，再背回家读。

可是，到了大学，我反倒很少使用那个巨大的图书馆了。因为我不太擅长使用非开架式的系统借书。举个简单的例子，如果是索洛古勃，我用卡片检索应该轻轻松松就能找到，可我就是提不起精神这么做。

而我之所以还能这么说，估计是因为我在学习上还不够认真。总而言之，我现在使用频率最高的还是本地的图书馆。不过，可能是因为我们家位于两个相邻城市的夹缝里吧，所以我居住的那条街道并没什么设备完善的场馆，也没个像样的图书馆。

所以我常去的是邻市的市立图书馆。

那座图书馆旁边，就是我曾念了三年的女子高中。在那儿，刚出版的新书我早早就能读到，而且那间图书馆明亮、宽敞。最重要的是，放学回家顺路去图书馆看看，这已经是我们高中生活的一部分了。所以我自然经常来这儿借书。

高中入学后，我马上申请了电子借书证。两周一共能借四本书。所以配合这个借阅周期，我也差不多每半个月来一次图书馆。

从春到秋，如果天气不错，我就不坐电车，而是骑着姐姐买的运动自行车，沿着古利根河畔一路吹着风儿骑行七公里去图书馆。一趟下来，感觉身心轻盈，情绪超棒。

尤其值得夸赞的是，这家图书馆还可以出借录像带、唱片、磁带等等。尤其是落语相关的磁带，馆藏十分丰富。甚至轻松超过了两百盘。一开始我只是随意走进那个区域看看，却被大量的资料震惊了。

我简直是挖到了一座大矿山。

一开始，我就这么借了听、听了借地过了好一阵子。这座图书馆也收藏了好几盘圆紫大师的作品。当时的我穿着深蓝色、皱巴巴的学校制服，却没想到在未来的某一天，我竟真的能和磁带上的圆紫大师本人见面。

说到圆紫大师和他的磁带，今年六月似乎要发行一套共计十二部的《春樱亭圆紫独演会》。全都集齐未免太过昂贵，不过我想着至少先买第一部，然后在"追星"的过程中想办法找他签个名。

以上种种暂且不谈，在宽敞的大型书店里慢悠悠闲逛还是蛮有趣的。这一层也不是只有论文或者研究资料，它还会贩卖一些教育书籍。我甚至站着翻阅了小学授课实例集和日本史提问与解答。

不知为何，属于语言类书籍的区域里并没有摆放语言学相关的图书，而是摆放了一摞来自中国的女留学生的留学体验记录。我随意翻阅了一下内容，还挺有趣的。不过当我发现这书的价格是一千五百日元，我又把书放回书堆里了。可是很快，我又改了主意，再度拿起它。

高中时，我曾在图书馆借阅了一本名叫《北洋船队女医生的航海记》的书，我被那本书的内容深深吸引了，记得当时连走路的时候都要读它。不单是走在平路上读，我连上下楼梯的时候都紧盯着书上那一行行字，可见当时有多痴迷那本书。

书中那位身处男性群体之中，一向阳光热情，有时甚至有点过度热情的"女医生"，不但医术高超，还拥有令人战栗的超绝魅力。

这本书告诉我：人并不是单靠皮肉就能成立的，还需要骨骼才行。如此理所当然的一件事，对于当时只有十七岁的我来说却犹如醍醐灌顶。

我又买来了那本书的文库本，还借给小正她们读了。

当时我还买了《惊觉已是骑手之妻》。那本我也是一口气读完的。像这种极富个人风格的人写下的体验记录（说起来，要没有个人风格，大概也说不出什么像样的特别体验吧），总会有一种能让读者沉浸其中的迷人力量。

想到这里，我便下定决心，把一本价钱能顶四册文库本的《日本留学一千天》买了下来。

我径直向国文区走了过去，绕到了书架的另一面。国文区在这一层楼最深的地方。我随意看了一眼国文区的展示台，结果被吓了一跳。好奇怪……

这里和一楼的新书区不同，展示台仅有一本书那么宽。而且是在靠墙的书架前摆着，高度只到我膝盖，一直横向延伸出去。

当然，这里会摆放一些值得注目的新书，以及长销不衰的作品。如果把一家书店的书都比作新闻的话，那平台上摆放的书就是大标题，是最抢眼的部分。

可是在国文区域的这个台子上，摆了大约有我双臂展开那么宽的一排书，但是每本都看不到标题，因为它们统统都是朝向书架方向摆放的。

也就是说，有七八本书被摆反了。

12

索洛古勃的那篇《小恶魔》辜负了我的期待，它读起来甚至让人感到无聊。

我借到那本书的当晚就把它读完了，我从丑时一直看到寅时，也就是大约三点。当然，是趴在被窝里看的。

我还不困，所以就这么趴在床上，下巴垫着枕头，双臂暴露在初春微凉的空气之中，拆掉了那本书的封面。

我想看看封面的设计。

伴随着纸张翻动时轻柔的沙沙声，在台灯苍白的灯光下，这本书的内封裸露在了我面前。

书的封面是枯草色的。标题部分用了黑底，作者名字的部分用了蓝底。此外，还印了一个包了一圈金边的蛇与苹果双书标，书标也是烫金的。书封上的文案有"首次完整日文译介"还有"俄国象征主义文学代表作"等等。这倒没问题。可是，在这两行字前面，还写着"无力与忧郁，诡谲与色情"。

我顿时浑身一阵血液翻涌，紧接着脸上又猛地没了血色。

我感觉自己像个母狐狸，不慎掉进了难以置信的陷阱之中。

如此宣扬情欲的书，我竟主动跑去和男性搭话，还请他借给我读。在意识到这一点的瞬间，我顿时被羞耻之情淹没。

正当我感到浑身僵硬时，突然，从遥远的国道那边传来一阵紧急通过的警报声。不知是救护车还是警车发出来的。我感觉下巴有点痛，于是躺了下来，按灭台灯闭上了双眼。

当整个人陷入黑暗之中，我的大脑好似为了收复失地而运筹帷幄的军师，开始谋划起和俄文前辈再会时，应如何斡旋，该说什么，又该按什么顺序讲起呢？

当然，再会之前，我把《日本留学一千天》也读完了。

这本书的作者生活在只有三张榻榻米大小的地

方，节衣缩食地努力学习着。相比之下，我就像个躺在蜜罐里的家伙，真是羞愧得说不出话。书中还谈到了女大学生幼稚的一面，比如随口喊别人昵称。我简直有一种自己每天的生活都被看穿了的感觉。

书里还把日本的年轻女孩形容得很会"玩乐"。这个我倒持保留意见。我读高中的时候是学生会的，学生会刊物上办过一个高中生活特辑，做了问卷调查。结果显示，我们女子高中的学生里"现在正在和男生交往"的人数只占40%。同市另一所男子高中的交往数字则只有这个数字的一半。

如果是男女同校，情况或许完全不同吧。我的一个读了附近某高中的朋友就曾说过"修学旅行之前如果找不到一个能和自己牵手的男孩子，会显得超可怜"。

不提这些，想到我自己属于高中集体之中超半数的那一类人，总算有些安慰了。

所以，高中的实际情况大概没有大家传的那么可怕吧。

当然，世间万物都是五光十色的，高中也是什么样的人都有。我朋友也跟我聊到过一些奇葩事。在女子高中，这种类型的对话可以说是稀松平常，比初中时出现得频繁多了，而且还非常露骨，没什么好惊讶的。

的确有那种三缄其口的人，不过也有人动不动就开始散布八卦。

记得我读高中二年级时，班上有女孩子会把八卦新闻剪下来，还用荧光笔把想要强调的部分画出来，弄得花里胡哨，再张贴到教室后面展示给众人。而且她还是个很爱咯咯大笑、头脑也很棒的美女。

我的表现比较冷淡，或者说，是假装比较冷淡。

在我看来，"恋爱"之中蕴含着能够超越理性的魔力。可我并没感觉到。儿童时期倒还好。幼儿园时就有心仪的男孩子。小学时也有那么一两个暗恋的同学。但自打读了初中，我就再没有产生过那种超越理性的感情了。

我想，这可能是我的思想变得复杂所致。

在追星方面也是一样。读中学前，我还会把偶像照片藏在抽屉里。

可是突然有一天，我发现自己这样做，或许只是为了应付别人的那句"你喜欢谁？"仅此而已。

13

在马场的书店还了书后，我请俄文前辈去地下咖啡馆喝东西。是我主动的。

我一边吸着奶茶，一边高谈阔论着自己如何被索洛古勃的短篇《毁灭的美》所吸引。我的措辞庄重有格调，而他也援引国内外作家恰当地回应了我。说到情绪高昂处，还会自然而然地比画起来。比起实际去阅读文字，和这个人聊天反倒更有趣。

"你可真博学！"

我发自内心地赞叹道。当然，我不单是在夸赞他读书多，也感慨他对知识的理解之深。

"过奖了。"

他简单回应道，啜饮着咖啡。不知为何，他的脸型看上去有点像电影里的超人。前辈今天穿了件格纹运动衫，外面套了件夹克。

"为什么想参加吟咏社呢？"

"因为对身体好。"

他眼镜片后面的那双神情亲切的眼睛微微睁大了一些。

我不由得心想：这个人绝对读书比我多。想到这儿我不禁一阵高兴，开口道：

"说到英国，我脑子里浮现出来的第一个作家就是奥尔德斯·赫胥黎。不过大一的时候我和一个自称专攻英国文学的人聊天，却发现这人甚至不知道赫胥黎。吓了我一跳……"

倘若是引进作品尚少，不太为人所知的作家，我倒还不至于那么惊讶。但……我们聊的可是赫胥黎啊，所以我当时真的很吃惊。不过，说实话，我回头再想想，真忍不住想吐槽自己：怎么会说出那么讨厌的话来!

我想,自己之所以会那么说,大概也是一种自卑的表现。当时的我真恨不得把自己肚子里的所有墨水都抖给别人看。

不过,对方始终都以一种开朗的语气,妙语连珠地回应着我。他的博学令我十分惊讶,也令我雀跃不已,于是开始接二连三地吐出各种年轻气盛之人才会说的话。

我还提到了《日本留学一千天》那本书,谈到"日本当代的年轻人胸无大志"的话题,还将这一观点和小说相结合,评价为"不过,如果所有小说都在言志,那小说这种形式估计也就荡然无存了"。

不过我又补充说:"其实'当所有小说都不再言志,那小说这种形式也就荡然无存了'的概念,要率先出现在头脑里。"并且我还坦白:"当我毫不犹豫地确信这一点时,我顿时有种豁然开朗的感觉。"

面对我这些不成熟的思想,对方依然是郑重其事地聆听着。

我的杯子里沉淀着一片砂糖,红茶的口味变甜了。我抿了一口茶,脑中突然浮现出几天前在百货商店遇到的事情。

"那个……请问你会去逛女装卖场吗?"

"欸?"

肯定没有吧。我觉得他应该对女装和女生的发型一窍不通。听到"方便面卷"这种发型说不定还以为是什么吃的。

"前阵子我逛女装卖场，看到一个很有意思的塑料模特。"

对方眨了眨眼，于是我继续道：

"那模特看上去二十七八岁，留着一头短发，手上还拿着一副眼镜。我从她面前路过，突然觉得奇怪，于是忍不住又折回来仔细观察。"

"哦？"

"如果是直接戴了副眼镜的模特倒还好，可我看到的这个模特并没有采用既成的搭配。应该是为这个模特打扮的人给它挑选了适合它的衣服吧，选择眼镜，也是因为他觉得这副眼镜适合模特吧。明明是一个没有生命的假人，却被装扮得富有个性，生动得可怕。"

俄文前辈点了点头，我获得了肯定，于是继续道："当时我就想，所谓'表现'，其实就是这么一回事吧。"

和他聊天真的很开心，但我多少也明白，一直拉着人家喋喋不休未免失礼。于是我摆出"那我们差不多就聊到这儿吧"的表情，对方那四四方方的面庞扬起一个微笑："我们今天聊了很多有趣的话题，我获益匪浅。"

"你太客气了……"

或许是有点得意忘形了吧，下一个瞬间，我脱口而出："那个……安藤前辈，你知道方便面卷吗？"

对方镜片背后那双眼睛微微眯了起来，表情有些迷茫。

"呃……我好像听说过。"

果不其然。我满意地露出一个微笑。

"是不是很像带汤的方便面？"

于是，俄文前辈也笑了，反问道："我确实不知道这个词是什么意思，我投降。话说回来，你喜欢豆沙吗？"

他的这个问题才真是莫名其妙。为什么会这么问？

"是，我喜欢吃牡丹饼……"

我脑海之中猛然浮现出了自己刚刚吃过的东西。我歪着头，对他的问题感到疑惑，可对方紧接着说出的话更令我惊诧：

"是吗？哎呀，其实呢，我并不姓安藤哦。"

14

"啊？"

我问道。感觉嗓子眼好像堵了什么东西。

于是，他露出我在池袋场馆大厅第一次和他搭话时的那个忍俊不禁的表情。

"我姓坂入。"

这姓氏和安藤简直差了十万八千里。

"我还蛮爱喝酒的。"

"哦。"

"也爱吃甜的。我妹妹总批评我,说我嘴太馋了。让我只选一种吃就好。"

"欸。"

"然后呢,说到这个甜食。我其实从小就很喜欢吃加了馅料的甜甜圈(10)。"

(我懂了,我终于明白了。)

"前一阵子的那个发表会,我和高冈同学正巧有空,就去附近的店里采购给后台休息室准备的茶水点心。当时我看到店里有卖带馅的甜甜圈,不由得一阵激动,指着那包点心大喊'这个这个!我最喜欢吃这个!'把高冈同学笑坏了。"

那点心和一个高个子男人组合在一起,确实很不协调,同时又很幼稚滑稽。我简直能想象到当时大笑的小正的表情。等他们俩回了休息室,小正就一边吃着点心,一边想到了这个外号——"安藤"前辈。

"事情就是这样。"

---

(10) 加了馅料的甜甜圈日文读作ando-natsu(餡ドーナツ),姓氏安藤的日文读音为"andou"。所以正子为坂入前辈起了"安藤"这样一个外号。

坂入前辈微笑着说道。

"呃啊……"

我手足无措地揪着自己外套的前襟,虽然自己并没做错什么,可我的声音已经细得快消散在空气中了。

怎么会这样啊!原来我一直是在称呼这个人"带馅甜甜圈前辈,带馅甜甜圈前辈"啊!

逐渐地,我开始恼火起来。

(高冈正子你这家伙!总有一天我要报仇雪恨!)

"小正!"

我马上跑去了她打工的地方。和前几天一样直奔她所在的收银台,还用比前一天更高的音量大喊她的名字。

"怎么啦?"

小正小声回应着。我也降低了音量,但还是维持着抗议的姿态,挑着眉毛质问道:

"什么'怎么啦',坂入前辈啊!"

"哦,你说那件事啊。"

"不许那么云淡风轻的!刚刚我还他书才知道,自己之前一直一口一个安藤前辈地喊他欸!"

"哦哦。"

小正左手轻抚着漂亮的脸颊,笑了起来。我越发感到不甘。

"我倒无所谓,我完全不会在乎啦!但这样子对前辈很失礼啊！"

听我这么说，小正突然收起了笑容。她盯着我看了一会儿，然后严肃地问我："坂入前辈看上去很不高兴吗？"

我一时哽住，顿了顿，然后无奈地回答："没有……他一直笑嘻嘻的。"

和你刚刚的表情一模一样——我很想加上这么一句。怎么会这样啊，我现在好像个傻瓜！于是我又继续道："……可是，我觉得问题不在这儿啦，不在这儿！"

"抱歉哦。"

穿粉蓝色制服的小正对我低下了头。看上去是不想让我再纠缠下去，所以才急急忙忙道歉的。

我顿受挫败，不悦地噘着嘴收声了。

小正的双眸沉静地望着我。她的瞳孔之中仿佛映出了我小小的身影。渐渐地，我开始意识到自己做了一件非常丢人的事。

我相信一见钟情。因为在我心里，恋爱就是一种感性的东西。

看到"安藤前辈"的瞬间，我心里产生了超越理性的感受，觉得他"好帅"，我已经很久都没有这种感受了。所以我对此十分珍惜。

当然，那只是一种好感，还没有发展到恋爱的程度。对于"安藤前辈"来说，我只是偶然路过的一个比较有趣的女生而已。这一点我还是明白的。

即便如此,代表那个人的名字竟然是"虚构的",这也精彩地隐喻了我们两人的交集的"虚构性",这一点令我感到很难过。因为坂入前辈只把我当成是借了书,说了几句话就不会再见的女生,所以觉得没必要和我解释他真正的名字是什么吧。可是没想到我们在咖啡馆又聊了一阵子天,等到终于要说再见时,他才偶然随口把自己的真名说了出来。

而我则被这件事搞得阵脚大乱。

所谓活着,其实就是反复地丢脸啊。

我犹豫着要不要把自己的想法说出口,但最终我还是说了。

"要保密哦!我为了这种事特意跑来找你什么的,对谁都不要说哦!"

我知道小正不是会出去乱说的那种人,但以防万一,我还是强调了一遍。这么强调,等于又丢了一回人。

小正没有笑,点了点头。

"对了,前阵子……"

我再次开口,虽然提到这个是为了转移话题,但我本来也想跟她说一下之前发生的事。

"……国文区域的展示台,有点奇怪欸。"

"欸?"

正在这时,有客人来收银台了,我们的对话暂时中断。

我悄然离开了收银台。小正说了句"欢迎光临",接下了面前那女大学生递来的一本厚厚的书。她手法熟练地将书本从函套里抽出一半,拿掉了书票。

这种书票,指的是书店贩卖的图书之中夹着的一张细长纸条。上面印了贩售卡和奖赏券。

我记得小学的时候曾经看到书票上印了一日元、二日元,所以被书店店员抽走的时候我还觉得有点不甘心。

如今,我自然已经知晓,这书票是要返还给出版社,用来确认销售量的。

等那名结账的客人走了,我们继续聊了起来。

当时,是我把那些书本的朝向调整回来了。

"的确奇怪。"

听我说完这件事,小正皱起眉,从收银台背后走了出来。

"跟我走。"

我虽然隐隐觉得同样的事不太可能再发生了,但还是率先走在了前头。

走到国文区域,这回确实没有出现上次的情况,可是一眼就能看出,此次又有蹊跷。

这一回,摆在书架正中间的十几本书,都齐刷刷地上下颠倒了。

15

"咚咚咚,咚咚……咚,咚咚……咚,咚咚……"

小正嗓音优美地唱着歌。此时此刻,我们正身处夕阳西下的银座。

今天轮到她休假。我们俩加上江美一起去看了《风之又三郎》的电影,然后跑来了银座。黄昏的天空之下,来往的行人在高楼大厦之间不断穿梭着。

"你记得好清楚!"

"哎呀,这个旋律并不难啦。"

于是,江美也用十分甜美的声音为她伴唱"吹飞那青色的核桃……"一句。也对啊,江美初中高中都在吹奏部,负责演奏单簧管。我在高中的艺术课程选了美术方向,总的来说算是个音痴了。虽然很爱听,但自己唱总是跑调。

我们在伊东屋随意翻看和纸与版画,然后再度走到了室外。夜色更深了。

"咱们去喝一杯吧!"

"得先吃才行吧。"

"也要吃的。"

"我可没钱。"

"不去贵的地方啦。"

"可以吗?"

"喂,不要那么湿漉漉地看着我啦。"

小正大步流星地走进人群之中。

走过红绿灯,漫步在霓虹灯中,再转过几个街角,小正快步走在通向地下的楼梯。

中途还经过了几个铺设了榻榻米,好似岛屿一般的铺席单间。店员穿梭其间,点菜送菜。褪色暗淡的墙面上挂了风筝和浮世绘。各处架子上都装饰着民俗艺术风格的陶器和摆件。

小正找到一个空着的"岛屿",坐了下来。我冲店里瞧了瞧,然后面对着门口也坐了下来。江美坐在了我对面,我们仨组成了一个一对二的阵势。

"这里蛮便宜的,就是不咋好吃。"

小正说,一上来就先泼我们一头冷水,同时翻阅起了菜单。这时店员也来了。江美立刻一脸幸福地说:

"请先上啤酒!"

我则点了串炸豆腐。

"点得不错哦!"

店员一走,小正就评价道。

"点刺身可就不行了。"

她在脸前摆了摆手。江美忍不住笑了。

"这家店好可怜,被小正这么批判。"

小正出生在神奈川县,比起三浦半岛,她家住在离伊豆半岛更近的海岸附近。而且家里还是开小餐馆的,嘴巴很刁。

每次聊食物,说起寿司,聊到"喜欢吃哪种"时,我都会一番苦恼,最后选择"小斑鲦",江美则

54

提名"甜虾"。而小正则秒答"拟鲹"!

"这回答一听就是老饕。像我,根本就没吃过拟鲹呢。"

"因为你家不靠海吧?"小正问。

"嗯,所以说到寿司,我吃的全是那种分成上等寿司和普通寿司的套餐。"我一边说着,一边靠向身后低矮的靠背,"小正就不一样啊。"

"我是独生女嘛。放暑假或寒假的时候店里会休息,老爸就常会带着我去东京。看看电影,去游乐场玩玩,白天一般都会吃寿司。"

"欸,那也算是一种学习了,从认识鱼类开始。"

"倒也不会专门学习啦。"

"你们本地的寿司店里也能吃到鲹鱼吧?"

"不会欸,寿司店一般不怎么卖鲹鱼的。我家店里也不常提供给客人,一般都是自己吃。"

"为什么呢?"

"因为,去了鱼店,眼前就摆着超新鲜的鲹鱼嘛。"

"哦,原来如此。"

我又一次从饮食习惯的不同,观察到了我们生活环境上的差异。

江美又问:"小正,你像你爸爸吗?"

"你说脸吗?"

"嗯。"

"确实更像我爸。"

"不过,听你专门问了'脸吗?'估计你们俩的性格很不一样?"

这时,啤酒和炸串一起端了上来。我们碰了个杯开始吃东西,两人的对话继续了下去。

"还是蛮像的吧,不过我爸有点缺心眼欸。"

"哎哟。"

"因为,之前不是改了税制吗?于是他前阵子买了个电视,还是赶在新税制生效前买的。明明改了税制之后电视会更便宜,他竟然提前买。我心里暗暗地想啊,真不知道他怎么做生意的呢。"

"你应该不会只是暗暗地想,我估计你会说出来的吧小正。"

"说了说了,一点都憋不住。"

小正愉快地说着,喝光了杯子里的酒。

"下个月你家店会涨价的吧。"

"不,我爸说不会。"

"有魄力!"

"不是不是,他只是嫌麻烦啦。"

"那你们现在也会一起吃饭吗?"

"他主动找我的话我会陪他吃的。能省顿饭钱,而且还吃得到我自己吃不起的那种饭菜。"

"原来如此。"

听到这儿,我停下筷子插话道:"那你回家晚了的话，家里会担心你吗？"

"会呀。不过回家晚倒还好，接到男生打来的电话才是真的天下大乱呢。"

"这就是《爸爸们爱操心》(11)的情况喽。"

我扑哧一声笑起来，半晌没停。

"你的笑点好怪。"

江美评论道，小正在一边耸耸肩。

"神奈川啊，不知为何，总给人一种特别洋气的感觉呢。你想，神奈川有横滨，还有镰仓……"

我开始无限畅想起来，憋住了好不容易才缓和下来的笑意。

"神奈川，镰仓，鸽子奶油甜饼干(12)。"

"那是什么？"

"小正，就是——《风之鸽三郎》呀。"

"你在说什么？"

对方依然没懂，我只好重复了一遍。于是小正抱着胳膊说："嗯，这个说法倒不赖。不过……虽然也说不清楚具体哪儿出了问题，但你这家伙，果然笨笨的欸。"

---

(11) 冈田amin的漫画作品，讲述了身为上班族的父亲对上高中的女儿过度保护到神经质的地步，由此引发的故事。
(12) 神奈川县镰仓市的丰岛屋的特产奶油甜饼干，形状像鸽子。鸽子奶油甜饼干的日文读音是"hatosabure-"，又三郎的日文读音是"matasaburo-"，发音相似，此处应该是主角想到的一个谐音梗。

16

于是,话题又转到了电影《风之又三郎》上。

我们一致认为电影中的男孩子们个个都十分生动活泼,也对这些角色挺满意的。不过,这电影选了女孩子做主角,关于这一点,我们三人都不太认同。

我说:"最终又在讲男女的事儿了,倒是符合当下的审美吧。"

"是啊。"

江美表示认同。紧接着她思忖片刻,又说:"不过,这说不定也是我们太执着原作所致。电影和原作毕竟不同,完全是另外一种艺术形式了。要是我在小时候,而且是根本没读过原作的情况下直接看这个片子,我说不定也会立刻被吸引吧。"

"那就要看电影里的又三郎是不是你的菜喽。"

听到小正这么一说,我"啊呀"一声表达疑惑。小正解释道:"你想想,电影又不是纸上的铅字对吧?影像是视觉呈现。所以呢,要问能不能被吸引,还得看又三郎的长相喽。"

听她这么一说,我也只能乖乖点头。

"比如,在小说里设定一个角色是绝世大美女,这没难度,放在电影里可就难喽。毕竟有那么多观众,最终还要回归到每个人的审美上啊。"

"话虽如此。"

江美一边用筷子轻戳盐渍鱼卵夹海带,一边有一搭没一搭看着我背后,也就是店内的方向。

"你们看那边的人如何呢?谁看了都挑不出毛病对吧?"

"哪儿啊?"

当然,这两个人都是压低声音说话的。

"就是坐在一个鸟形摆件前头的情侣,其中那个穿淡黄色开襟短上衣的女生。"

"啊,那个留长发的?"

"是美女吧?"

小正诚实地点点头:"你说得没错。"

"不过,脸长得太完美,总感觉很难接近她。已经不能形容她是漂亮了,得形容她好犀利才对。总觉得一触碰到她,我的手就会立刻被剁掉。"

"你盯人家盯太久了可是很不礼貌的。"我劝道。

"好好好。"

"对了,那件事,也告诉江美吧。"

自己的名字被提到,江美不由得歪头疑惑。于是,我把神田书店里发生的"书本倒放事件"告诉了她。

"应该不是书店的员工干的喽?"

"那当然。首先我没干这种事,我觉得店里的其他人也没这么做。"小正保证道。

"那就是客人干的喽。"

"这倒是有可能,但不知道客人为什么会这么做啊？"

"也是……会不会是对这家店不爽啊。"

"或者是对收银员不爽……"

我说到一半，被小正踢了一脚。

"很痛啦。"

"真后悔没坐你边上。"

"你腿好长。"

"羡慕吧？"

"嗯……"

正在这时，江美仿佛要制止住我们俩的你一言我一语，伸出一根手指道："还有一种可能，就是对国文书籍，感到不爽，如何啊？"

"然后呢？"我追问。

"现在不是三月吗？那就有可能是一些学分不够的学生干的喽，他们一来到国文区域便心头火起……"

"你真这么想吗？"

江美笑了："那倒没有。"

哎哟……我搔搔头。这时小正放弃道："所以说到底，这应该只是恶作剧。根本就没什么理由。"

可是，同样的情况隔了几天又发生了。真的没有任何企图吗？

"所以说啊，做这件事的家伙脑子有坑。"

于是，江美再次竖起一根指头。

"喂,该不会是什么暗号吧?"

"什么意思?"

"就是说,倒放几本书,可能是有什么隐藏含义的。"

"然后发送暗号的对象得专程跑一趟书店?"

"嗯。"

小正皱起了眉。

"谁会这么做啦……"

"国际间谍组织!"

我忍不住叹息。

"你真的这么想……"

"那倒没有。"

"算啦算啦。"

小正有些烦乱地在脸前挥了挥手。

"啊。"江美突然摆出一个忘了自己正在说什么的表情,用一种天真的语调另开一个话题。

"美女要走了。"

她们俩都假装不经意地看了过去,我也用余光暗瞟。

美女站起了身,长发划过她的双肩,如梦似幻。漂亮的眉毛之下,是一双美得摄人心魄的眼睛。

原则上讲,我不会觉得化了妆的女性很美。不过我清楚此事也有例外。就像江美说的那样,这美女是"谁看了都挑不出毛病"的那种美。

那对情侣之中的男性率先站起身。他穿了一身灰色的西装,个子很高。五官深邃,看上去是个工作方面很干练的人。他左手插着兜走路的样子显得略有些装腔作势。

我只瞧了他们一眼,就把视线转回到自己桌上。

我坐的位置位于"岛屿"的角落,能看到那个穿灰西装的男人向收银台走去。紧接着,我感觉有股灿烂耀眼的气息从我背后经过。

那美女一边路过我,一边轻轻拍了两下我的头。

见此情景,小正和江美顿时像两只嗷嗷待哺的小麻雀一样大张开嘴。几秒钟后,她们目送着那淡黄色开襟短上衣飘远,异口同声地问道:

"究竟怎么回事啊?"

事实上,我早在进店的时候就注意到他们了,所以一点儿没表现出吃惊。

"那是我姐。"

17

因为收到了加茂老师的明信片,所以第二天我又跑去了神田。

明信片上写着老师的某个陶艺家学生在神田的画廊开了个展。我也曾买过这位陶艺家创作的咖啡杯,所以彼此也颇有些缘分。

我从靖国大道上平时常走的书店街方向路过一个人行横道,沿着指示图抵达了画廊。

气派的展示窗内装饰着绘了图的大型器皿,上面的图画好似近代画,线条用色都很大胆。

画廊的门虽然大敞着,但气氛和书店不同,我很不熟悉,所以在门口犹豫了半天才进去。迎面就是一位女性向我低头致意。

室内非常明亮。而且和美术馆不同,这展览合理利用了十分有限的空间,从大壶到只能装一口酒的小杯,错落有致地摆放着。

这个展同时也是当场贩售会,部分袖珍小杯和咖啡杯摆在入口附近的展示台上,好像一群叽叽喳喳聊着天的小朋友。而且它们的价钱就连我也能付得起。

同一个展台上还摆了一沓象牙白色的纸,上面印着作者的生平履历。我拿走一张,向画廊内走去。

从树叶形状的小碟,到手钵、茶碗,我依序将摆成一排的陶器看下来,自然感受到了一种律动和音阶的变换,仿佛聆听了一段轻快的旋律。

我在茶碗前站定。

眼前摆了六只茶碗,每一只都有着独特的个性。其中右前方的那一只最吸引我。

它的形状简单朴素,没什么变形、扭曲、造型奇特之处。整只茶碗都是暖白色的,底部淡淡浮现出一丝米色。碗身缠绕着流云般的线条，这些线条虽然也基本是白色，但仔细盯着看，又能感受到白里透出的红。不，不单是红，那流云其实是五彩斑斓的。

我虽看不真切，但甚至能感觉到那茶碗之中蕴含着青葱的溪流、鹅黄的蒲公英的形象。

我站在那儿看了一会儿，又绕着画廊遛了一圈，最终又回到了这里。

我想拥有这份美。我将挎包取下，摆到脚边。虽然姿势不太礼貌，但我还是蹲了下来。我平视着那茶碗，端详着它。我看到它旁边的介绍卡，上面写着"白釉红茶碗"。因为没有标明读音，所以我有点不清楚怎么读才准确。究竟是按照音读还是训读呢？

我曾翻阅过能乐装束相关的文样集，那些色彩丰富的图片边标着图中服装的名称。比如"金红片身替诗歌纹样厚板[13]""红白薄浅葱段秋草纹样缝箔[14]"，还有"绀地敷瓦桐唐草纹样侧次[15]"等等。光是随口这么一念，就令人感到雀跃不已。

比起那些豪华绚烂的词汇，这茶碗的名字倒是清爽扼要。

我站起身，看了一眼它的价格。

只见卡片最靠上的位置贴了一张小指甲盖大小的

---

(13) 日本能乐中的男性角色戏服。
(14) 带有刺绣和金箔设计的戏服，一般用于女性角色。
(15) 类似于无袖上衣，穿在夹克或盔甲外面。

圆形贴纸，是红色的。那是表示"已卖出"的印记。

茶碗的价格有四个零，表示"万"的数字则被挡上了。但从贴纸下面稍微露出来的那部分推断，估计不是"3"就是"8"了。八万日元的话我确实付不起，如果是三万日元的话，一咬牙一跺脚，拿出割肉的气势我应该还是有机会买下来的。不过，如果一口气花出去三万日元，日常生活一定会大受影响吧。

"我也可以去打工攒钱啊……"我给自己打了通鸡血，紧接着又想起"这茶碗已经卖出去了啊"，于是顿时泄了气。

我这个人啊，或许根本没有一口气花出去三万日元的魄力。没到关键时刻，谁又知道呢？不过，面对这只茶碗，我或许真的会毅然决然地喊一声"我要买下它！"吧。然而，眼下就连这么做的可能性也被剥夺了，真不甘心。

正当我还愣愣蹲在原地时，身后突然传来一个十分温柔的声音。

18

我买了一只八百日元的咖啡杯，和圆紫大师一起走出了画廊。

身为真打的圆紫大师穿了件针织衫，搭配一身巧克力色的羊毛开衫。

"也不知怎么,就觉得你可能也会来。"

他用我十分熟悉的语气说道。可能因为是在这样的情况下见面的吧,我竟也产生了和他相同的感受。我将咖啡杯收进包里,问圆紫大师:"您是收到老师的明信片了吗?"

"是啊,正巧今天有空……"他一边看着手表,一边回答我。

"我到晚上六点前都有时间。"

也就是说,还有三个小时。

我们就那么走在靖国大道上,午后的阳光暖融融的。上次见面,还是在去年十二月二十五日,我过生日的那一天。

圆紫大师边走边说:"你头发长长了。"

听到他这句话,我感觉心里一阵雀跃。

"是啊。"

我右手轻轻按了按被风吹拂起来的长发,报以微笑。因为之前剪得特别短,所以现在只能说长长了,但不能说很长。我是想坚持蓄到夏天,留到和小正差不多的及肩长度。

"您还记得高冈同学吗?"

想到长发,我提起了小正的名字。当然,我紧接着就准备提到她打工的那家书店出现的图书倒放事件了。

"哦哦，高冈正子，是那个很有个性的同学吧？"

圆紫大师曾和她一起在藏王同行，两个人也曾聊过天。

"嗯，不过……"

说到这儿，我眼前仿佛浮现出小正怒斥"你这多嘴的家伙！"的表情。但我没有停下，依然准备先闲聊几句，再引入正题。

"不过……她奇怪的点也是真的很奇怪。"

"哦？"

"比如说，她都不肯告诉我们她是什么星座欸。就是处女座呀双子座呀什么的。为什么要隐瞒呢？"

听我这么说，圆紫大师兴趣盎然地抚着面颊问："你们同岁吗？"

"您也这么想的啊！我一开始也想，是不是年龄不同，所以不想告诉我生日。但好像并不是欸。我们聊过成人式的话题，所以我能推断出我们是同学年的同龄人。"

圆紫大师显露出越发感兴趣的表情。我继续说："所以，真的让人捉摸不透。"

于是，圆紫乐呵呵地缓缓开口道："那让我猜猜看她是什么星座好了。"

"欸？"

我猛地站住，简直以为是自己听走耳了。

19

背后来了一辆白色的高顶车,里面堆满了书本。

我们俩紧贴着一侧大楼焦茶色的外立面,给那车让路。轻触墙面的手感很暖。此时此刻,我俩就像两个罚站的学生一样。

"我来猜猜高冈同学是什么星座吧。"

圆紫大师保持罚站的姿势,重复了一遍刚才的话,表情还是那样乐呵呵的。

"可是,这种东西……"

我说到一半,把后半句的"怎么可能猜得到呢?"咽下了肚。"好,那我可要听听看!"我这么一转念,就换成了一句带着怀疑和好奇的"那就拜托您了"。

圆紫大师问我:"星座是不是会从一个月跨到下一个月?"

"是的。"

那辆白色的车已经开走了,但我们依然站在原地。

"首先,请问你是什么星座呢?"

"我吗?"

这么问的确出乎我意料,如果是生日的话,圆紫大师应该已经知道了。

"是啊。"

"十二月二十五日,摩羯座。"

于是,圆紫大师语气轻松地说。

"那高冈同学很有可能和你一样,是摩羯座。"

听到他满不在乎地这样说,我惊得嘴都合不上了。当然,我立刻询问:"为什么呢?"

"哎呀,这只是个推论而已。我还能顺便猜猜她的生日是哪天。"

"啊?"

我已经惊诧得不知该说什么了。

"比较有可能的日期是一月一日,二日和三日。最迟不晚于七日。"

圆紫大师说着,笑眯眯地望着我。

"如果是一月一日,那就完美了,对吧?"

那一瞬,我恍然大悟。

"高冈正子!"

"没错,所以叫这个名字才合理对不对?"

"的确,发音是'shou',这读法很少见。"

"如果她就是正月(shougatsu)出生的,那就能理解了对吧。一年的最开头,正月里出生,所以选了'正'这个字。这名字很大气,而且被赋予了十二分的祝福和祈望。不过,一听说她是正月出生,肯定有人会下意识地调侃一句'真喜庆',虽然大家并不一定是出于什么恶意。所以呢,她可能自然而然地一听到别人问生日,就直接回答'不告诉你'了。"

听圆紫大师这样分析之后,我也觉得的确如此。

之前在银座听过小正讲她父亲的事，当时出现在我脑中的那对父女的形象，和维系着这对父女纽带的"命名"风格，实在是非常相配。

同时，我也被圆紫大师深深震撼到了。面对模糊的信息，他竟能如此准确地探查真相的形态，令其无法遁形，这能力实在令人钦佩。

不过，说到"名字"，我又想起了最近发生的那件事。

听到坂入前辈说自己并不叫"安藤"，并且已知一个条件是"他爱吃甜食"，这时候我倒能够推测出他这个外号的由来。可是，我却万万想不到能从"不说自己的星座"，推出正子是正月出生。

我忍不住歪了歪头。（这位大师的脑袋究竟是什么做的啊？）

20

我们走出了那条街。

"那接下来咱们去哪儿呢？"

圆紫大师问道。接下来的三个小时，我们可以一起行动。

"嗯……您不介意的话，一起去书店吧？"

因为我们身在神田，所以这个提议也没什么不自然的。不过，我这句话说得略带点恶作剧的感觉，圆紫大师似乎察觉到了什么，问："有什么目的吧？"

我点点头。

"是的，咱们刚刚谈到的那位高冈同学，就在这附近的一家书店打工。"

"也就是说，我们能再会喽。"

"是的。"

"哦呀，是不是还有些别的什么？"

"是，还有些别的什么。不过，我目前还没搞清楚那究竟是什么。"

我一边说着，一边向斜前方的青瓷色大楼望去。圆紫也顺着我的视线看了过去。当然，我们眺望的正是小正打工的那栋楼。

人行横道的红绿灯变了颜色，人群忙忙碌碌地涌动起来。

一路上，我向圆紫大师讲明了原委。

走进大楼，乘坐电梯的时候，指引我的神明似乎已经在思考这里发生过什么了。

站在那个"不可思议展示台"前，我匆匆左顾右盼一番，随后说："今天倒是并无任何蹊跷呢。"

可圆紫大师看了一眼摆成一排的书脊道："哦，这可不好说。"

紧接着，他先向书架下方的五六册丛书伸出手，抽出书本确认了些什么。随后，他又伸手去拿中间那一排的书。虽然没有仔细读过，但我也在这边翻看过一两本书，都是刚出版的中世文学研究丛书。

这些书被放进一个A5大小的函套里，封面上只印着必需的文字，几乎没有任何其他装饰。圆紫大师将书翻过去看了看背面的颜色，因为隔着一层蜡纸，所以背面的颜色看不太清楚。大概是海蓝色或者炭灰色吧。这装帧真是够朴素的，不过也算是学术类书籍比较典型的设计风格了。书脊的文字做了烫金处理，烫金属于这类图书常用的工艺。

圆紫大师似乎在调查些什么，他一本本把书从书架上抽出来，再放回去。

最后，他的手放在最新的一本书上，查看着书脊。然后又抽出了那本书，查看版权页和书票。

紧接着，他皱起了眉。

"怎么了？"

我忍不住问他。

圆紫大师把正准备放回函套内的书中那枚书票小心翼翼地抽出来，默默将上面的字展示给我看。

销售卡《中世歌谣法》　6500日元

没什么不对劲啊？书名和函套上大大的明朝体文字一模一样。当然，价钱也是一样。

"有什么问题吗？"

只见圆紫大师麻利地将书票放回，再把那本书收回到函套里。接下来，他又将书脊展示给我看。只见他用手指将靠上位置那略微鼓起的蜡纸轻轻一按，又无声地缓缓下滑。

烫金题目中的第一个文字，就仿佛雾里看花，隐约显露。

室

我一惊，急忙凝神细瞧。文字随着指尖移动逐一显现，掠过的部分则仿佛再度沉入雾霭之中，变得模糊。

町时代小说研究

"是《室町时代小说研究》！"
我不由得高声惊呼。
"啊，所以这件事真的那么简单吗？！"

21

不管怎么说，函套和内容不一致，总不能就这么算了。

我拿着那本书去了收银台，把书递给了小正。因为这回算是我自己解开了谜团，所以我的表情也相当愉快。

于是就被小正调侃"你怎么嬉皮笑脸的，好奇怪"。

个中原因，我打算等和圆紫大师分开后再慢慢和她解释，于是和她约好了要一起吃晚饭。圆紫大师此时还在电梯前等着我。

接下来我们踏入大楼旁边的一条路，步行了一小会儿，走进看到的第一家喝茶的店。

这家店比较狭长，里面没什么客人。我们俩在窗畔的空位上坐下。能闻到一股很香的咖喱味，是旁边一桌客人在吃。

店内播放着拉丁风格的音乐，曲风轻松，音量也保持在了不会打扰到客人的程度。餐桌上摆了一束玫瑰假花。那花瓣是布制的，褪了颜色。或许是阳光透过宽敞的窗户涌进来吧，能看到些微的尘埃在轻柔地飘浮着。此情此景，的确符合春日午后的气质。

"欢迎光临。"

服务生在淡柠檬黄色的桌上摆了两杯水。倒不是因为那桌子颜色的关系，但我就是下意识点了柠檬茶和芝士蛋糕的套餐。

"春意渐浓呀。"

圆紫大师望了望窗外泛着绿意的花木丛，如是说。植物们的颜色柔和且生机勃勃,倘若配上一两只七星瓢虫,那可真是再合适不过了。

"是呀。"

透过窗子,能看到对面二手书店的一百日元文库本区域附近,有两三个人正驻足端详。好一派极富神田气质的午后祥和气息。

我突然想起一件事。

"前阵子,我看了您的电视节目。"

圆紫听罢,露出一个微笑。

"《山崎屋》对吧?"

"是的。"

"我很喜欢那个故事。"

"我听了之后也很喜欢。"

"那真是太好了。"

"出场人物里没有可憎可恶之人。再加一个装傻充愣的收尾,非常符合那个世界的模样。"

"不过里面的一些词汇,现在已经不用了。"

"'三分'还有'见习小厮',是吧。"

"没错,所以我在开篇做了讲解。"

"那种收尾有什么专门的名称吗?"

"那叫作扣题收尾。"

谈笑间,我点的套餐和圆紫大师点的热巧克力都被端了上来。

"有些故事的收尾必须随着时代变迁而变化,但是像《山崎屋》那样的故事,反倒是不随潮流变化,更显其价值。"

我一边说,一边低头望着杯中红茶的表面。白色的热气氤氲着,夕暮将至前的春光透过窗户洒在上面,使那杯中的世界变成一片雾霭浮动的水面。

"啊,对了。"

"怎么?"

"我有一个请求。"

我提到了《圆紫独演会》的磁带。

"我送你一套吧。"

听他这么讲,我慌忙摆手。

"不,我自己买,我自己买,请让我自己买。"

我从初中起就很喜欢圆紫大师的表演,正因为喜欢,所以更应该付钱去买他的作品。

"所以,我是想请您签名……"

"啊呀呀,我竟然也获得了偶像明星一样的待遇呢。"

"不,偶像的话,我是不会要签名的。"

"我该不该高兴?"

"请您高兴一下啦。"说罢,我用手指轻轻敲了一下嘴,"今天我怎么净是请您做这做那。"

圆紫大师温和一笑。

"真拿你没办法,虽然我不爱写,不过既然你这样要求,那我就写一份签名板送你好了。"

"哇！"

我高兴得双手在胸口合十。

圆紫大师啜饮了一口热可可，那饮料的颜色和他身上的羊毛开衫一模一样。我们又聊了会儿大学生活之中遇到的琐事，最终，我还是忍不住绕回到了那件事上。

"所以那个其实就是在混淆视听吧？"

我双手交叉，做了个替换的动作。

"你说那本书吗？"

"是啊，是想少花点钱，才那么做的吧？"

"你的意思是？"

听到对方反问，我禁不住有些慌张。

"所以说，如果毫无理由，单纯就是患有'什么都想颠倒过来症'的患者，那只需调换函套和书本就够了。可是连书票都换了，这做法明显是在针对收银台。"

圆紫大师表情认真地点了点头。

"的确有这个可能。"

"书的价格就标在函套上。可是收银台那边拿到书之后，一般都会从书中抽出书票确认价格。标有价格的位置因书而异，但只要函套和书票的价格一致，这个人就都可以拿《室町时代小说研究》的价格买下一本《中世歌谣法》了。"

"的确，被更换的书就只剩下一本了，另一本应该已经被买走了吧。"

"我说得没错吧！所以，比起偶然被别人买走，并且这个客人没有留意查看书名这种情况，我觉得还是被故意调包的人买走的可能性更大。"

"的确。"

圆紫大师表现出赞同的态度。这情况和去年那件事正好相反，我的心情好极了。

"那种书原本就装帧朴素，再加上套着蜡纸，看不清书脊上的字。所以调换之后也能轻易骗过收银台吧。就算真的被揪出来，也只需推说'应该是哪个翻阅的人装错函套了'就好了。"

"所以，此人目的就是想省点钱？"

圆紫大师又问道。我被他问得心有不安，但贼船上了就下不来了，只能硬着头皮继续解释。

"是啊，《中世歌谣法》是刚出版的新书，所以应该更贵吧。"

"可是啊……"圆紫大师沉吟道，"……倒放展示台和书架的书，又是什么原因呢？"

"所以说啊，那就是类似心理准备一样喽。"

"也就是彩排演练？"

好旧派、好严谨的词汇。

"是啊。"

"可是，倘若以混淆收银台视听为目的，岂不是应该尽量低调？这就和偷渡者过海关是一样的心理吧？肯定是想尽量若无其事、不和人有眼神接触，不动声色地走过海关才对。如此想来，此次的'犯人'却特意提前强调'倒放书本'的行为，从心理角度来看，未免有些诡异了。"

我一时语塞。

于是，圆紫大师更加不依不饶道："还有一个更本质的问题。就算新书更贵，但同一类丛书，厚度也相同，价格能差多少呢？"

糟了，我心想。可是，我这一年间也是切实地跟着圆紫大师学了不少理论和实践知识的，于是我一边为拖延时间，用叉子戳着眼前的芝士蛋糕，一边整顿姿态，迎接挑战。

"话是这么说，可是就算差价只有百日元，不，只有十日元。但那一天他就是必须买那本书呢？然后……他手头又恰巧就是凑不齐那本书的钱呢？"

说罢，我颇有些得意，觉得自己干得漂亮。于是悠然自得地吸溜了一口红茶。

"这种偶然，现实生活里确实也会发生的。当时这个人肯定非常不甘心吧，所以才动用了特殊手段。"

没想到，圆紫大师却摇了摇头。

"不对，不对。"

我忍不住噘起嘴抗议："哪里不对了啊？"

"你刚刚不是还说，把书倒放是提前演练过的？这和你口中的'当天偶然发生的状况'互相矛盾了哦。"

"啊。"

我顿时泄气,陷入沮丧。

"还有……"

圆紫大师继续道:"我刚刚是看过版权页的,你知道吗?《室町时代小说研究》也一样是6500日元哦。"

22

当孙悟空自以为跑去了天边外,没承想自己仍旧在如来佛祖的手掌心里时,他的第一个反应不是感到害怕,而是感到不甘,觉得自己被骗了。此时此刻的我,很懂孙悟空。

"您不可以这样!这显得我刚才像个傻瓜似的!"

"对不起。"

圆紫大师乖乖低头认错。

我虽然有点闹别扭,但也注意到这并非圆紫大师的风格。于是问:"您为什么一直没说呢?"

"其实,在听你讲到倒放书本的时候,我已经有了自己的答案。但当实际看到那本书的时候,我才确定了自己的想法。可是……我觉得这个想法很可怕。"

听他这么一说,我的不满情绪顿时仿佛日食来临之际的影子，一瞬间消失无踪。取而代之的是一种毛骨悚然的感觉。圆紫大师继续道："所以，我想先把你的想法彻底听完再做考虑。听听看有没有其他合理的解释……"

"……可是，我的想法毫无价值。"

"不，并非如此。你我二人在要点上的想法相同。"

"要点？"

"是的，也就是'扣题收尾'。"

"扣题收尾？"

我听得云里雾里，圆紫大师究竟是什么意思？

"之所以更换函套，并不是因为其中一本书价格更贵。这两本书价格是一样的。也就是说，做这件事的人，单纯只是想买一本函套是《室町时代小说研究》的《中世歌谣法》，仅此而已。"

"可是……这么做毫无意义啊。"

"重点在于，此人为什么要'扣题'呢？"

"啊？"

"就是书本上下颠倒这件事，我觉得绝非偶然。如你所说，这件事八成也是同一个人做的。可是，我刚刚其实也提到过，倘若以混淆视听为目的，那就不该提前搞些倒放书本的恶作剧，给书店店员留下什么印象。理论上此人应该尽量隐藏起来才比较合理。"

"没错。"

"既然如此,那我们也要反过来想才对。此人的目的,应该也和'购买'相反。"

我大张开嘴。

"如果买了一本函套和内容不同的书,可以怎么做?"

我恍然大悟。

"可以'返还'!"

"没错,此人可以说'我只看函套就买了,没想到里面的书是错的。'"

我仿佛和他演起了对手戏,接话道:"接过这本书的店员会想'倒确实会有这种事呢,最近不就有人搞这种恶作剧吗?'——也就是说,犯人为了在还书时'扣题',所以先提前埋好了心理伏笔。"

圆紫大师缓缓点点头。

"没错,倘若加上一句'因为着急需要那本书,所以又去别的地方买了一本',那么书店店员反而会向他道歉吧,然后会退还书钱。"

"6500日元,对于学生来说可是挺大的一笔金额。"

"就算不是学生,这笔钱也绝不算少。这本书的印量有限,而且也不是什么大型出版社出版的。所以卖到这个金额,很难花大价钱买下来。可是,倘若此人只是个爱偷贵价书的贼,那其实就……该怎么说呢,就没什么特别之处吧。可是,这种事先埋伏笔,然后再扣题,回收伏笔的做法呢?不能说此人做法特别,只能说这个偷书贼严谨刻板得近乎呆傻吧。他偷的是无形的东西,也就是书的内容。至于书本这种有形的东西,他会还回来。"

这一段讲解相当奇特。我脑中突然冒出小正的那个"脑子有坑"的评价。

"与其说他是'有良知',不如说……他不太正常吧。"

"没错,那种异常感很可怕。此人恐怕都没意识到自己的行为属于盗窃。的确,他拿走这本书的时候是交了钱的。要求书店退钱的时候,他也把书还回来了。如果真有人质问他,他甚至会露出百思不得其解的表情反问:'我什么都没偷啊?'他说不定还会加上自己傲慢的价值判断,补上一句'这种书怎么好意思要那么多钱,根本不值得'吧。"

圆紫大师说着,眼睛看向自己白色茶杯底部剩余的热可可。露出一个有些疲惫的表情,他继续道:"在心理学上,有一个术语叫'合理化'。"

说到心理学,我倒也在大学通识课上学了点入门知识。

"就是《伊索寓言》里的狐狸,吃不到葡萄说葡萄酸?"

"没错。怎么跳都够不到葡萄,所以就通过自我暗示'那葡萄肯定很酸',来让自己心里舒服一些。很多人都会有这样的心理。事实上，倘若一切如我所想，那这个人平时恐怕绝不会偷东西。也就是说，只要他认定一件事是'坏事'，他就绝不会做。不过，如果一件事他无论如何都想去做，他就会给自己找个特别'合理'的借口，告诉自己'我这不算偷，我只是借一下，会承担起归还的责任的'。靠这种方式，之前跨不过去的伦理障碍他就能轻而易举地跨过去了。"

在圆紫大师的讲解下，我仿佛能看到此人的模样。那一定是个自我意识强大，头脑聪慧，而且极度神经质，情绪不稳定的人。

圆紫大师继续道："如果此人是这种性格，那他会将自己的所作所为都合理化。这样一来，他很有可能会若无其事地做出一些更加病态的事情。我在想到这一点时，感觉毛骨悚然。"

说罢，他就陷入了沉默。

此时，店门被推开，一个学生模样，胖乎乎的男孩子走了进来。和店里的女侍应生热闹地聊了起来，女孩子也很开朗地笑了。她一边笑着，一边将摆在前台内侧的刀叉擦拭并摆好。能听到丁零当啷的金属碰撞声。

圆紫大师抬眼望向光芒正在散去的窗外。又看了看上面探出来一截的橘色遮阳棚，良久，他小声说："高冈同学就在收银台那边吧。"

"啊，是的。"

"我原本准备和她打声招呼的，可是，我故意没有过去。"

圆紫大师没有去收银台，而是在电梯前等我，但我其实并未感到任何蹊跷。不过转念一想，这两人虽然只共处了几小时，可他们明明认识，圆紫大师却故意没有去和她打招呼，这也很不像是他的风格。

"故意……"

我重复了一遍，心里咀嚼着这句话。

"你能明白我的想法吗？"

"嗯，此前曾解开过谜团的圆紫大师来到了自己所在的这一层，高冈同学肯定会追问您那些书被倒放的原因。可是，您不想把真相告诉她。"

"没错。因为我的想法也都只是些推论而已。或许书本朝向颠倒只是个恶作剧。可能是某个顾客到了那个区域后，拿起了那丛书中的两本，一边比较着这两本书，一边苦恼该买哪一本，于是拿走了书票。然后再把书套回函套时又不慎弄串了。或者是更偶然的情况，放错了书，还买下了函套和内容完全不同的一本。这种事情也不是完全没可能发生的呀。"

这种说法放在这起事件之中，算是比较有常识性的一种解释了。可是，圆紫大师本人似乎并不相信这种说法。因为那样太不自然了，而且倒放书本的恶作剧也是同一时期出现在同一片区域的。

如今，这件事比较符合常理的解释，已经和眼前这束布做的假玫瑰一样，开始褪色了。

"不管怎么说，我认为买了书的人再把书还回来的可能性非常高。所以不希望给负责收银的人带来什么先入为主的看法。"

夜色将至，我目送去乘地铁的圆紫大师离开了。

随后，我仿佛被人牵着线一样，又向着青瓷色大楼的那层房间迈步走去。很快，我在马路上停下了脚步。柏油马路上，我那双腿投下了一片灰色的模糊影子。

我意识到，自己可能和那个"小偷"同乘过一部电梯。

在我的幻想之中，那个人没有表情，长着一张好似能乐面具一般涂得惨白惨白的脸。我甚至连他是男是女都不知道。

基本每一层都会有两三个人下来，倘若这个四角形的大铁箱中，最终只剩下我和他两人，该如何是好？倘若在这个逐渐向上攀爬的密室之中，那个人突然取出了《中世歌谣法》，开始嘀嘀咕咕地提前练习起了一会儿去收银台的说辞，该如何是好？此时此刻，我脑海中不由得浮现出那个人上下两片苍白蠕动的嘴唇。

我知道自己很没用，可光是如此想象，我就已经彻底丧失了走进那电梯的勇气。

23

夜晚稍早来临的神田，一些大型书店的关店时间要更早一些。

我一边闲逛着旧书店，一边挨到和小正约好的时间，在书店大楼前和她碰了面。

我们向着骏河台的主妇之友出版社溜达着，中途进了一家店，吃了顿稍迟些的晚饭。

小正选了"超大份炸猪排和可乐饼定食"，八百日元。

我则小心翼翼选了份"汉堡肉定食"，六百日元。

"咱们俩的胃口大小就是八对六喽。"

听我这么一说，小正用鼻子发出一声哼笑，回敬道："这就是劳动人民和游手好闲者的区别。"

小正胃口一向很棒。

"我拿走咯。"

我们俩一起吃饭的时候，有一个不成文的规矩。那就是我点的套餐里如果有带小番茄的沙拉，那小正就会把我的小番茄吃掉。

"请吧。"

"这位女士，要不要听听在下的梦想？"

身穿活泼牛仔套装的小正，用她那双颇有些异国情调的眼睛看着我。

"好呀。"

"那就是和你打赌，赌的是小番茄。如果你输了，就让你把小番茄吃到撑。"

"哎呀,怕了怕了。"

小正随意将红通通的小番茄丢进嘴巴,微微一笑,道:"不可以挑食的哦。"

在这一时刻,往往能令人感受到人情的存在,人心之美好。

可是,这世上有成百上千人,有亿兆的……不,有着无限多的,内心的形态。

有的心绪可以表现,有的心绪深埋胸中。还有些心绪会让人做出预料之外的行为。而对于他人来说,不,对于自己来说,那种心绪都是难以捉摸的。比如因为"安藤前辈"而慌乱的,我的内心。还有一直到被姐姐轻轻拍了拍头,都没能主动说出那是我姐姐的,我的内心。

我们走出店外,一路走到御茶水车站。小正要从这儿乘JR电车回家。

"你呢?"

她问。

"我溜达去秋叶原。"

我回答。

我要在那儿乘坐日比谷线,因为买了那边的定期打折车票。我倒也可以和她一起先坐JR到秋叶原下车再换乘,可是大学生就是穷酸啊,我心疼那一百二十日元。

可小正却猛地转了方向,她愿意陪我去秋叶原。

我们走到了通勤的上班族来来往往的御茶水桥上,不约而同地停下了脚步。

小正抬手扶着桥栏杆,目光投向下方奔流着神田川的岸边。

"那是,樱花吧?"

她抬手指着一片片黑乎乎的树影。

"嗯。"

"花要开了。然后很快就会像下雪一样,落英缤纷喽。"

"你见过?"

"去年。"

小正说着,转过头。

"我当时没什么理由地就想从桥上向下看。于是就跑去对面桥栏杆上,把身子探了出去……"

"那样子好像要投水似的……"

"然后哇,我看到水上漂着无数白色的星星点点。一开始我没弄明白那是什么,因为桥距离水面还蛮远的嘛。"

"嗯。"

"然后我渐渐地明白了,是樱花!于是我又跑到这一侧,看了一会儿樱花不停飘散的景象。"

我把挎包放到了脚边,遥望阴沉灰暗的神田川水面。

不一会儿，列车伴随着轰鸣声从河面远处缓缓驶进了上一站。那丸之内线上的电车涂成了红色，好似一辆玩具车。电车上方是圣桥的灰色弧顶，经过那桥上的行人都只能看到胸口以上的位置，远远地，像一个个墨点。在那儿，秋叶原电器街仿佛一座霓虹之城，红色和白色的光上下奔涌，黄色的巨大三角形忽明忽灭。背后那浓重漆黑的夜也融进了光芒之中，染上片片薄樱的颜色。

我抬起头，扭过身子，后背抵住桥栏杆，仰面向着天空。

皮鞋和高跟鞋踩着这座桥的声音，谈话声、说笑声，从我面前交错而过。人们的身影纷纷从我眼前消失了。

"怎么了？"

小正轻声问。

"你看。"

我举起右手，指向那空中一点。

"——胧月。"

六月新娘

1

淅淅沥沥……

淅淅沥沥……

淅淅沥沥……

无数白色的细线自天空落到地面，缠绵不断。无尽温柔地包裹着整个世界。

一个六月的午后，下课后的教室莫名有些寒意，有点像一大家子人搬离的住所，空旷冷清。

我和江美在靠窗的位置隔桌而坐，继续着刚刚的话题。

江美穿了一件横纹T恤。平缓的蓝紫色流线型条纹，仿佛睡莲在这死气沉沉的教室之中静谧而优雅地盛放。

后来我们终于聊完了，于是不约而同地望向了窗外。

雨遍布视野中各个角落，倘若将我的一双眼睛比作镜头,那么当镜头的焦距拉近,就能看到透明的雨点一滴滴装饰着窗玻璃。

此刻,我突然站了起来,手撑着长桌,凑近江美白皙的面庞。压低嗓子模仿帅气男性的声音对她说:"就让我将这场雨,送给你吧。"

江美不解地歪了歪头。

于是我伸手指着窗户说:"To you。[1]"

2

"梅雨,用英语怎么说?"

读中学时,有一次我去老师办公室,顺口就问了这个问题。我当然是认真的,时值六月,询问的对象自然也是英语老师。

当时的英语老师长着一张圆脸,总是面带笑容。只见他微微一笑道:"Plum rain."

这不就相当于把"粗茶"的英语直译成了"savage tea"一样吗?

"呃哦……"

我不明就里地正要表示叹服,老师又说:"国外一般没有梅雨吧。"

---

[1] 日语的梅雨"tsu yu"和英文"to you"(给你)的发音相近。

然后他问我:"那,六月怎么说?"

"June。"

"你知道June bride吗?"

"呃,多少知道些。"

"之所以叫June bride,是因为那边的六月天气很好。"

"原来是这样。"

我点点头。

于是老师突然来了一句:"我呢,是十月份结的婚。"

这注释加得和正题毫无关系。紧接着他又补充:"如果非要找个对应的词儿,你大概可以用rainy season吧。"

"下雨的季节,是吗?"

"没错,就是雨季喽。"

这时,桌子那一头有人喊我的名字。

"我在。"

我回应着,转过了头。是身材魁梧的国语老师在喊我。他手里拿着一个三角形纸袋装的牛奶,站起身问我:"最近咱们不是学了俳句里的季语吗?"

"是。"

"那'七夕'是什么季节的季语呢?"

"……夏天的。"

"错啦错啦,是秋天哦。"

"欸？"

我不可思议地发出一声惊呼。好难理解啊，明明说七夕是夏天都还嫌早呢！

老师露出一副挖好的坑我果然主动跳进去了的得逞表情："你呀你呀，你仔细想想，七夕是在几月几日呀？"

"七月七日。"

"七八九月都算秋季了哦。所以，七夕是秋季的季语呀。"

我恍然大悟。

"哦，对，要按旧历算。"

老师一脸满意地说："夏季是四、五、六这三个月。所以呢，梅雨不是六月下的雨，而是五月下的雨，所以——梅雨又叫什么？"

我还真是被老师彻底拉着复习起来了。

"五月雨。"

"没错。"

英语老师似乎就等着这一刻来临，急忙来了一句："这就是求知的快乐，对吧。"

今年的梅雨季也来了。

今日此时，我的两耳早就听惯了雨声。床褥被我压在身下，吸饱了梅雨天的湿气，仿佛在呐喊："赶快把我晾干！"

不过，六月对于我来说可不只有沉闷，因为圆紫大师的选集就在这个月开始发售。

第一部打头的是《百年目》和《山崎屋》,最终部以《鳅泽》和《三味线栗毛》收尾。这个系列的磁带共计会出十二部。看看我那紧张的财政状况,只能尽量购买了。至少第一部我提前向学生福利商店提出了购买申请,一开始贩售我就拿到手了。

这盘磁带,此时就放在我的包里。

和江美聊完了天,我走出文学部的大门。接下来,我要冒着细雨去见圆紫大师了。

3

之前圆紫大师曾答应过我,买了磁带之后,我能得到他的一份签名板。这听上去有种促进新品销售的感觉,但其实只是我和圆紫大师的私人约定。

我走进文学部旁地铁站附近的一家咖啡厅。

圆紫大师说,他从自己家里出发,无须换乘就可以直接过来这边。所以他是亲自跑来送了一趟签名,我真觉得有些诚惶诚恐。

我们约好了三点见,我提前二十分钟走进咖啡厅,没想到圆紫大师已经坐在窗旁的位置等着了。

"您等很久了吗?"

"没有,我也刚到。"

我点了份红茶,随后抬眼看向那扇巨大的玻璃窗。那窗户表面也和刚刚在教室看到的一样,装饰着无数道水痕和星点水滴,仿佛哭泣女子的面庞。

在四方画框之中,镶嵌着一幅下雨的风景。画面里,行人们撑着伞穿行,一辆又一辆的车反复将积水溅起。

"每天都在下雨呢。"

"你讨厌下雨吗?"

"要看我当时在干什么。"

"比如说?"

"如果我当时正在家中读书,那我就挺喜欢下雨的,能让我感到平静放松。"

"原来如此。"

"不过,一提到梅雨,我就会想起泡芙。"

听我这么说,圆紫大师面露新奇。

"它们有何联系?"

"说来话长……"

"请讲。"

"我很爱吃泡芙。"

"女孩子大多偏爱甜食,比如泡芙呀,芝士蛋糕一类……"

"所以我也是女孩子。能通过这一点来证明了是吧?"

"足以证明。"

大师接住了我抛出的小幽默。

"夏日的酷暑之中,将放进冰箱冷藏的泡芙拿出来,一口咬下去。冰凉的奶油就会在口中扩散开来,那滋味是我的最爱。"

"听上去就很美味呢。"

"不过,它做不了下酒菜。"

圆紫微笑。

"你说这句话时还真是面不改色。这就证明了你不喝酒。"

"是吗?"

"是哦,因为你刚刚说的这句话可是很让人倒胃口的。"

我顿感沮丧:"对不起……"

"哎呀!怎么还认真道起歉来了!大可不必。然后呢?"

"然后,我读的是女子高中。"

"对哦,记得你曾经说过。"

"是的,同市还有一所男子高中。"

我讲话跳跃性很强,但圆紫大师依然认真听我讲着。我莫名有些急躁,于是讲话时更是东一句西一句,大师也愿意配合我,有一搭没一搭地聊。

"那是姐妹校喽。"

"算兄妹校吧。那所学校好像比我的学校建校更早些。"

"这样啊。"

"然后呢,我们会开校际联欢会,每个班都会出策划,然后找对方校的班级一起合作,并在对方学校举办。"

"听上去很有趣呢。"

可我却耸耸肩。

"没什么意思。开联欢会之前倒还挺高兴的,就像节日活动之前的那种喜庆。但是真到了活动当天,也就只是消磨时间罢了。"

"哎哟哟。"

"嗯,然后我们班当然也办过,而且是跑去那边的男校举办的。那天活动开始之前还有点时间,于是我就走进了车站前的一家面包店。那车站就在男高门口欸。不觉得很奇怪吗?女高那头的车站下了车要走好远的路欸。好奇怪啊对不对?"

"那也只能认命了。"

"嗯。"

"很气?"

"很气。"

我点的红茶来了。雨天来一杯热红茶,再适合不过。我将白色茶杯端到唇边,随后又继续道:"当时是个周六。第二天休假,所以店里的蛋糕在打折出售。于是我买了一份泡芙。那泡芙就是我那次联欢会的最大收获。泡芙不过分腻软,清新爽口,是我喜欢的口感。自那之后，我只在那家店里买泡芙。大概隔几个月去买一次。然后呢，忘了是第几次去买，赶上一个梅雨天……"

"终于讲到正题了。"

"嗯。但我想您肯定猜到结果了。我买的泡芙馊了。虽然想到了夏季食物容易腐坏，但那天天气比较阴沉，于是就一时大意，忘记把泡芙放进冰箱了。我还是在学校上课的时候才想起这件事的，等提心吊胆地到家一看，可惜，全军覆没。所以一到梅雨时节，我就条件反射一般地回忆起泡芙馊掉的那一天……"

"关于食物的一些悔恨，是吧？"

"是的。"

"和你的泡芙往事比起来，我画的这东西可以说是相当平凡。"

圆紫说着，拿起了靠在椅背上的粉蓝色唱片袋。那袋子是塑料材质，用来保护里面的内容物不被雨水打湿。他从袋子里拿出了我要的东西，签名板。

圆紫大师把那张签名板展示给我看。

他在那上面用墨画了一只在树叶上爬着的蜗牛，墨色浓淡相宜，笔触轻快且稳重。

"想到了应季的景与物，于是画了这个……"

他说着，将签名板递到我手中。

"哇！太感谢了！"

"你还满意吗？"

"特别喜欢。真没想到您还画了画。真的,只能用喜出望外来形容我的心情!"

"哪有这么夸张。"

圆紫大师温柔地淡淡一笑。

那张签名板上还提了一行字:蜗牛心中,亦有羽翼。

记得还是小时候,当时我在家附近的河滩抓到一只蜗牛,于是把它放在家中庭院里。我在当时那个年纪并不知道"蜗牛"(katatsumuri)的名字里有"牛"这个字。不过如要打个比方,我当时的确是想把院子当作蜗牛的牧场,放牧蜗牛。

结果我的计划半途而废了,因为母亲知道后大为光火,怒斥我:"蜗牛会把院子里树木的叶子啃光的,不行!"

那一天,我举着父亲的黑色雨伞。还记得当时天上下着仿如浓雾一般细密的雨,而那沉重的大伞就仿佛被我扛在身上一样。如今再回忆起来,心中酸楚之中似又带些回甘。

"羽翼,就是翅膀,对吗?"

"是的。"

"这是您创作的?"

"不,我虽然也被师门兄弟们逼着不得已写过那么几句,但远做不到如此轻妙随性。这作品选自《江户俳谐岁时记》。"

我不由得想起，圆紫大师还是我的国文前辈来着。

于是，我又十分谨慎地开口问："蜗牛，是夏季的季语吧？"

"没错。"

梅雨是在五月下的雨，所以又叫"五月雨"。放在新历中就正巧是在当下，也就是六月。我远眺巨大玻璃窗外的风景，喃喃道："……六月。"

与此同时，我准备和圆紫大师聊一件事。不过凡事都有个先来后到。

"落语中出现俳句的故事，我第一个想到的就是《杂俳》，关于和歌的故事也不少呢。"

"是啊，比如《西行》《和歌三神》等等。"

"那一类题材大多妙语连珠，所以我都很喜欢。抛开落语单看古典名著，我记得也有《古今著闻集》[2]之作。"

"噢。"

"促织，就是如今的蟋蟀。据说曾有人奉命要吟咏它的鸣叫声，结果开口就是'青柳——'"

"噢。"

"因为'柳'呼应的是春季，所以大家都开始笑他。没想到他最终吟诵出来的全诗是'青柳绿如丝，

---

[2] 镰仓时代伊贺守橘成季编纂的民间传说集，成书于1254年。

促织纺之,自夏入秋不绝鸣'。"

"你记得很清楚嘛。"

"是啊,我读的时候觉得有意思,至今难忘。说起来,能以'促织'一词,咏出'青柳绿如丝,促织纺之,自夏入秋不绝鸣'一句,真是工整优美。还有另一首作品与其有异曲同工之妙,就是在本应吟咏秋季的《初雁》一题中,某位歌人却从'春霞'开始咏起。"

"想到要从这个角度去思考吟诗作对,感觉此人也有些坏心眼呢。"

"是吗?"

"不,你别介意,请继续说下去。"

我已经喝光了红茶,于是又端起厚玻璃杯,喝了口清水继续道:"他刚吐出前两个字时同样遭到了嘲讽。不过最终全诗为'春霞氤氲雁离离,今闻雁声秋雾上'。于是赢得满堂喝彩,人人都夸这一作真是漂亮!"

说罢,我从自己的包中掏出了磁带。圆紫大师看到那盘磁带,顿时露出极富少年气的羞涩表情。

"说实话,离做出差不多的作品,我至少还有十年的路要走呢。"

"不,您别这样谦虚。等到十年后,请您出版一套《百部作品大全集》吧。"

"那你现在就和我预订?"

"好，我抢第一个预约。这十年我会好好存钱的。"

圆紫大师微笑道："哎呀呀，既然你都这么说了，那我可得认真扩充我的故事题材库才行呢。"

接下来我们就聊起了录音带的事情，还谈到一些公开录音期间发生的幕后故事。据说有些客人一听这回的表演要录成录音带，就会忍不住在表演者的包袱没彻底落地时就开始迫不及待地鼓起掌，搞得录音带的制作团队很苦恼。不过，话又说回来……想想其实也蛮有意思的，估计着急鼓掌的人是希望自己的掌声能保留下来吧。对于这个人来说，一场表演临近尾声的时候他会等得非常紧张。

我讲了讲听过第一部录音带的感想。

第一部中收录的两部作品都属于韵味十足，且和台下观众一体感很强的作品。我也向圆紫大师表达了我的评价。

圆紫大师听罢，略作思忖，回道："演得很满意的作品自不必提，其实在我看来，就连感觉勉强还过得去的作品都是屈指可数。不过，我有时会有一种我与观众都已消弭，只剩故事本身还存在在那儿的感觉。作为表演者，感受到那种瞬间的时刻是幸福的。我想，那可能就是客人眼中的所谓'一体化'的感受吧。"

对我这样一个黄毛丫头的评价，大师聆听得极为认真。

"您是毫不犹豫就选定了收录篇目的吗?"

"是啊,选哪个,去掉哪个,我基本没有犹豫,决定下得都很快。"

"也收录了《鳅泽》呢。"

那还是三游亭圆朝[3]所作的著名落语作品。

"是啊。"

一个旅人前往身延山参拜,结果在下了大雪的山路上迷失了方向。险些丧命之际,他找到了一处民宅。可万万没想到的是,那民宅主人竟是他认识的一位女子——原吉原花魁阿熊。阿熊为他端上了蛋酒,请他饮用并稍作休息——故事到这儿,引出下文。

这一出戏也是初代圆紫的拿手作,可以说是春樱亭的传家之艺。

"《鳅泽》是三题落语吗?"

"没错。"

所谓"三题落语",就是当场让观众给出三个题目,将其穿插在一起编成一出落语表演。想要把三个题目精彩地放进一个故事里,难度很大。所以表演一旦成功,就会给人留下相当深刻的印象。

"除了蛋酒和解毒符,还有?"

"哎呀,这就不好确定了。也有可能'鳅泽'这

---

[3] 三游亭圆朝(1839—1900),活跃于明治时代的落语大家,被视为落语复兴的先驱。

个地名就算题目之一呢。还有一种说法是有'猎枪'和'膏药'。"

"看来三题落语的历史很悠久啊。"

"没错。据说是初代三笑亭可乐[4]创造的一种表演形式,称得上是自古有之。"

最近和田诚[5]做了一个企划,由女演员们出三题,然后再由作家们写成包含这三题在内的短剧,也算是相当有趣的尝试。顺带一提,吉永小百合[6]女士出的三题是"魔法水、红宝石、白萝卜",用这三题进行创作的老师是野坂昭如[7]。作品名为《橄榄球指南》。

"圆紫大师表演过吗?"

"有啊。"

"效果如何?"

"冷汗直冒啊。"

"真想听听呢。"

"你还真是恶趣味。"

圆紫大师搔了搔头。我继续道:"说到这儿……"

"怎么?"

---

(4) 初代三笑亭可乐(1777—1833),一般称为京屋又五郎,最早的职业落语家之一。
(5) 和田诚(1936—2019),导演、编剧、插画师。
(6) 吉永小百合(1945—今),日本著名女演员。
(7) 野坂昭如(1930—2015),作家、编剧、歌手、作词家,代表作为《萤火虫之墓》。

"我也曾偶遇过'三题落语'的情况哦。"

"偶遇？"

"是。"

我突然心情愉悦起来。就好像本应吟咏秋季，但先从"春霞"切入，顿时提起了他人兴致一样，我也是故意这么做的。所以圆紫大师一定觉得我这人说起话来毫无章法，乱得可怕吧。

然而，圆紫大师却无动于衷，摆出一副观看沙坑里玩沙的孩童一般的眼神望着我。

"你出了三题，对吧。"

"没错。"

"包括蛋酒吗？"

我露出一个恶作剧般的坏笑，回答："没有，不过'鸡蛋'是第二个题目。"

4

那是大约一年半以前的事了，起因是江美打来的一通电话。

"我要去拧一下。"

江美的语气听上去不紧不慢的。

"拧脖子吗？"

我故意插科打诨，于是听到电话那头传来呵呵呵的笑声。光凭笑声，我仿佛就看到了江美微丰的面容。

"是拧水管的总闸。"

"不得了，为了拧个水管总闸专门跑一趟轻井泽啊？要多远啊？"

"我也不知道。"

"你去过轻井泽吗？"

"没有。"

我也没去过。

貌似是江美参加的社团里，有个团员是大小姐。（虽然不知道是什么名头的大小姐，但在我看来，她是个在轻井泽有别墅、还会自己开车的人，那么像我们这种彻头彻尾的老百姓就会忍不住喊她一声："哟！大小姐！"了吧。）

"所以呢，得把别墅的水管总闸拧上，再把剩下的水都排空才行。这是因为呀……"

"这我还是知道的。"

肯定是为了避免水管冻裂。

"哎呀，你好厉害！"

"多谢夸奖。"

去拧一下水管，还能顺便享受轻井泽的晚秋风情。

不过啊……我开口问："夏天走的时候就把水排空了，不就省得跑了吗？"

"哎呀,你这话说得可就外行了。"

这种事还分什么外行内行吗?于是我清清嗓子,煞有介事地说:"真不巧,在下和'别墅'二字可以说是毫无缘分,至多在自家院子里拥有置物间一座。"

"在别扭什么啦。"

江美又笑了,边笑边和我解释。原来大小姐的别墅一直到秋天为止都会租给外人住,所以才故意不放水的。而且也不好意思让最后一位住客临走前放水。所以,只能是等到天冷了再想办法。是委托谁去关一下?还是找个熟人去住两天?要不然就只能自己家人去关了。

"于是,峰同学就来问我'要不要一起去轻井泽住两天?'开她的车去,只要坐到车里陪她去就行了。"

峰由加利,就是那位大小姐的名字。

"哦。"

"我们现在有四个人去,车上还能再坐一个人。"

我突然反应过来。

"等一下,另外两个是男生?"

"猜对了。"

"好过分!肯定会是谁和谁有点什么的吧!"

"你在说什么啦,听不懂。"

听江美的语气,她好像还挺期待的。

"是葛西前辈和吉村前辈,都是三年级的学生。

据说葛西前辈和峰同学关系不错。"

"所以,就是为了避免形成二对二的局面,所以你想喊我一起去?"

"就算没这么想,你来不也蛮好的?轻井泽毕竟远离都市,有保镖在不是更放心吗?"

的确,秋天的轻井泽,实在是魅力十足。

有时候一起去看戏看到太晚,我也在江美家借宿过。江美也来我家住过。所以也方便和家里人讲。就说是因为仰慕堀辰雄、立原道造,所以想去轻井泽来一场追寻文豪足迹的散步,家里人应该也能理解吧。

"好啊。"

于是我点头同意了。

5

峰同学的车是红色的,那红之中还略掺橘色,仿佛酸浆草的果实。

我很少有坐车上高速的经验。看到同龄人手握方向盘,就仿佛看到高中运动会上十分活跃的明星一样,我满心赞叹,真是厉害啊!

在城市道路驾驶时,峰同学仿佛骑自行车一样熟稔。道路很空旷,透过车前窗,能看到碧蓝无际的天。

车速其实很快，但风景几乎没什么变化，所以根本感受不到疾驰的速度。车偶尔会响起"叮叮"的声音。

"小心一点哦。"江美说。

"知道啦。"

峰回应道。我们都坐在后座，看不到她的表情。于是我凑近江美问："那是什么声音啊？"

"超速警报。"

副驾驶上坐着葛西前辈。我觉得他就是和峰同学"有点什么"的人。他中等身高，眼角上挑，打个有点奇怪的比方，像狐狸似的。不过他身材清瘦，又带点置身事外的懒散气质，所以也算自有魅力。

这个葛西前辈每次听到"叮叮"的提示声，就懒洋洋地在一边怂恿"冲啊冲啊"。

很快，车就开进了休息区的停车场。

我推开车门，踩着白线站直。天空无限澄澈，风儿凉爽地吹拂着。江美一边伸着懒腰一边说："真想考个驾照啊。"

峰同学是高考结束后立刻就跑去驾校学车了，连高考成绩都还没出就去了。据说她在准备高考的时候就一直期待着去学车。

"总有一天我应该也会考驾照的。"

"估计你是那种会安全驾驶的人啦。"

我皱了皱眉，说："我也不知道，我本以为自己应该会是小心开车的类型。可我刚刚发现,每当车加速,我就会在心中呐喊'冲啊冲啊'。"

"啊呀呀。"

走进休息区的餐厅,我们在靠墙的一条长桌前坐下,一侧坐着三个女生,另一侧坐了两个男生。

峰同学在她那暖白色的衬衫领口系了一条和车同色的红色领巾。外面套了一件很厚的黑外套。她身材娇小,脸庞圆润,脸颊上有一些淡淡的雀斑,还长了小虎牙。

点过餐后,峰和葛西开始聊起了国际象棋。据说目前他们社团很流行玩儿这个。他们两人的水平似乎不分伯仲。

其间,我和江美双双离席。

等回来时,峰的闲聊对象换成了吉村。

葛西站在过道上,在我们走来时,他假装不经意般地抓住了我的袖子。

"啊?"

我站住了。只见葛西用手指了指身旁吉村的脑袋。

我吓了一跳。

吉村那一头乱蓬蓬的头发上,正晃悠悠地冒着几缕白烟。

6

吉村是个身材高大的男生。穿着一件茶色的粗布外套。连五官也颇有童话中魁梧壮汉的风范。

只见他那仿佛天然卷一样的长卷发间，正飘荡着一缕缕的烟。

看上去很奇妙，或者说，是很奇怪。

峰则一边和吉村聊着天，一边不时瞟向我们，似乎还在强忍着笑。

"怎么回事啊？"

我好像看到了科幻片中会出现的一幕似的，半天才挤出这么一句话。

于是葛西露出一个坏笑，抬起下垂的手展示给我们看，原来是香烟。只见他把烟叼在口中，悄悄凑近吉村背后。

"然后呢？"

大小姐配合着她男友的动作，把身子向前探出去，越发卖力地聊着天。吉村则被她那莺声燕语深深吸引，入迷般频频回应她，或是积极地发表着自己的看法。

葛西对着他眼前那一堆乱蓬蓬的头发吹着气。就这么反复几次，吉村那蓬乱头发里的烟变成了好几道小狼烟，从"头山"的各个地方蒸腾了出来。

"哦……"

我总算知道了吉村头发冒烟的原因。

可是，明白原因之后我的心情很复杂，不知如何反应才好。可能是因为我非常讨厌烟味儿吧，所以才会觉得"要是换成我自己的头发被这么折腾可怎么办？"真是想想就笑不出来。要洗掉那烟味儿，不知得用掉多少洗发水和护发素。

（吉村同学是男生，应该不会像我这么在意这些吧，可能……）

我默默解释给自己听。正在这时，跟在我身后的江美开口了。

"可不能这样做哦。"

我转过头，发现江美还和平时一样，笑得像公主一般甜美。声音也和平时一样平稳。不过，她确实很明确地在表达责备的意思。

于是，年过二十的葛西就好像恶作剧被发现的小孩一样心虚地缩起了脖子。江美就是有着这样的正派气场。

"你不玩国际象棋吗？"坐下之后，旁边的峰同学问我。

"嗯……"

我在朋友家摸过国际象棋的棋子。不过也就止步于此了。不过将棋（说句题外话，还有表面上被禁止带进校内的花札游戏）的话，我读女高时曾在教室里和学生会室里玩过几次。

"别墅那边也放了一套，咱们到时候可以玩玩。"

葛西则追加了一句："最强的可是女王大人。"

他没用"皇后"一词，但别有意味地强调"女王"。

"哎呀，我有那么好胜吗？"

大小姐似乎就等着对方这句话似的争辩道。她那双大眼睛滴溜溜一转，媚态好似火热的游丝，浮出水面。

"无论如何我都敌不过家主啊。万一深夜被赶出家门就糟了哦。"

峰听罢，顿时笑得像只白鸽。

这只是一段单纯的对话，还是有什么更深的含义？我分不清楚。不过，我看得出他们二人十分乐在其中。

7

吃完饭后，接下来的这段路换成葛西开车。

汽车发动机的轰鸣声过于单调，我逐渐开始打起了瞌睡，有一回头还撞到了车窗上。于是我又向另一个方向打瞌睡，最终倚到了江美的肩上。

等清醒过来时，眼前的景色让我产生了闯入另一个世界的感觉。

我们的车仿佛就在一个美丽的巨大容器之中奔

驰。周围的群山被秋色染尽。

"那个金色的是？"

黄金一般璀璨的风景尽情地在远景与近景之间渲染着，我忍不住惊呼起来。

"哎呀，你突然复活了？"

正和吉村说着话的江美回头看向我。

葛西头也不回地说道："不用说，当然是落叶松了。"

他不说我还真不知道那是落叶松。

"哇！"

我老实地表达着感慨。

车开进轻井泽后，我依然表现得很乖。让我下车我就下车，让我走路我就走路。

风意外地有些冷，我合上外套前襟，系好了扣子。秋季那倾泻而下的光芒，反倒令肌肤感到温暖可亲。

我们走到了旧三笠酒店。那建筑的古典气质自不必提，沿着红叶掩映的前庭走进去，就看到了酒店的纹章。那图形的设计暗藏了"mikasa"（三笠）的"M"和"hotel"（饭店）的"H"，时髦且精致。我不由得啧啧称奇。

我们买了面包、黄油、果酱等等，然后坐回到了车里，这一回又换峰来开车了。

"我给你们看点有意思的吧。"

说罢,她便把车开到了轻井泽公民馆。

庭院里摆着一些形状奇特的小型车辆。

"欸,这是什么啊?"

"如假包换的蒸汽机车。"

我们下了车,围站在蒸汽机车周围。据说这辆车过去就奔驰在轻井泽和草津之间的铁路上。提到"蒸汽机车",总会给人一种"力大无穷"的感觉,可眼前的这节小车却可爱极了。

这辆车的外形好似一个黑色便当盒,盒子前方摆着一个小小的黑色驾驶席。构造十分简单。它"头部"的导电弓好似触角一样伸得长长的。据说它还有个昵称,叫"独角仙"。这名字取得形神兼备,很妙。

(跨越时间的长河,如今站在我面前的这只"独角仙",过去也曾承载着无数喜悦与哀愁,拼尽全力地奔走在铁路上吧。)

我一边畅想着,一边向白色栅栏内探出身子,紧盯着那辆小不点儿蒸汽机车看。我感觉有某种心绪在向着它流淌过去。

这感觉,或许就是爱?

我们距离追分[8]的别墅已经很近了。在广阔的大路上一拐弯,视野顿时被无垠的树林挤满。

终于,那栋建筑物在林木之间现身了。这是一栋

---

[8] 位于日本长野县北佐久郡轻井泽町。

二层建筑,别墅脚下被落叶染上丰富的颜色,绿屋顶、白墙面,完全就是在明信片上见过的那种标准"别墅"。

大小姐走在前面,她在自己的大衣口袋里掏钥匙,发出哗啦哗啦的响声。随后,她动作十分随意地拧开了大门。

8

选好了女生住的房间和男生住的房间后,我们在楼下的客厅集合。

峰同学准备了点心,泡好了红茶。

我孤陋寡闻,在卖果酱的店里买了一罐大黄果酱。

那店里摆满了各式各样的果酱,种类多到爆炸,光是在店里闲逛观赏就已足够有趣。金合欢、桑葚、红醋栗、山李子、糖渍金橘、核桃。我好似误入童话森林的访客,眼睛不断地追寻着那一枚枚漂亮的商标,并在其中发现了"大黄"。

我这个人比较矛盾,既保守,又喜欢尝试新事物。于是拿起了那瓶果酱跑去问江美:

"怎么办呀?"

"既然犹豫,那就买吧。"江美告诉我。

如果是小正,就会说:"既然犹豫,那就别买。"

仔细一想,其实在发问之时,我心中已经有了答案。

大黄是一种蔬菜,有"西方款冬"之称。我之所以选它,是因为看到它的介绍里写了"最适合搭配俄式红茶"。在饮用俄式红茶前可以加入果酱,代替砂糖的风味。在微凉的轻井泽,一边轻吹热气,一边啜饮红茶,让身心都温暖起来——一想到那幅景象,我就动心了。

于是,我在那杯浓郁的大吉岭红茶里加入了一些深黄色的果酱。

果酱味道酸甜相宜,很搭红茶,非常美味。

"嗯,还不错哦。"

江美评价道。一旁的吉村也一脸认真地呼呼吹着热红茶,表达赞同。

葛西则认为在红茶里放果酱很恶心,所以只喝了红茶。大小姐也是夫唱妇随。

最后,峰将红茶杯放回到杯托里,从暖炉上方取出了国际象棋的棋盘。

从外形上看应该不是那种正式的棋,棋盒是对折式的,展开后里头就放着棋子。比较像是她某次来度假的时候顺路买来的。

"来吧。"

峰将那盘棋摆在桌上,邀请葛西参战。

"好嘞。"

葛西动作熟练地开始摆起了棋子。

考虑到他喝不惯红茶里加果酱,不然换种吃法试试好了。于是我把硬面包切成了薄片,又淡淡涂了一层大黄果酱,摆在碟子里,放到了棋盘旁边。

葛西那双细长眼瞄了瞄碟子,拿了一片。然后隔着棋盘告诉他的对手:"这种可以。"

他嘴巴里嚼着面包,盘面上的进攻却毫不留情。国际象棋和将棋不同,棋子一旦被吃就直接退场。所以棋盘上的棋子会越来越少,盘面也会越来越冷清。

峰同学手中的国王左躲右闪,应接不暇,最终大败。

"不甘心吧。"

葛西走出最后一步,越发面无表情,他点上一根烟。此时峰已经开始摆起了第二盘的棋子。

于是葛西直接叼着香烟,玩起了第二盘。

倘若用日本将棋来形容,那么国际象棋里的皇后就兼具飞车和角的功能,是一枚相当厉害的棋子。

峰大胆地使用了大棋。最后她竟弃掉了重要的皇后,用骑士进攻,最终赢得胜利。

只见她抱起了胳膊,向后靠到椅背上说:"不甘心吧。"

看来这一轮她赢得很爽。

接下来他们两人说要出去买东西,估计买完回来又要来一轮决个胜负了。

屋里剩下了我们三人。于是我们先是闲聊了些有的没的，消磨时间。魁梧的吉村有些局促地收着他那双长腿，始终面带微笑。

我望向桌上那盘棋，问江美："你不玩吗？"

之前也提到过，国际象棋在他们的社团里很流行。

江美加入的是人偶剧社团。不过无论哪种社团，集体内部都是东刮一阵风西刮一阵风，有时候这股风会持续吹一阵子。

"那么，接下来要怎么做呢。"

江美说着，拈起了白色的塔形棋子。

我好似突然想起什么一般问吉村："你应该很擅长玩国际象棋的吧？"

这位一脸钦佩地看着双方恶斗的人，实际上能力远远超过了刚刚那两个人——倘若是这样的剧情走向，应该相当有趣。

大隐隐于江湖，扫地僧都是这样嘛。

然而，"哎呀，我玩儿得可差了。"吉村搔了搔他那一头乱发。

看来，电视上的古装剧看多了真不行。

不知不觉间，透过窗户洒进屋内的光开始逐渐沉郁下来，黄昏将至。吉村回了二楼。

"我来教你好了。"江美说。自然，她指的是国际象棋。

可是，这毕竟是我打出生起第一次来到轻井泽，下一回就不知何时能再来了。机会难得，我决定去别墅周围散散步，于是站起了身。江美似乎决定找吉村玩玩棋，于是开始把摆在外面的棋子收回棋盒里。

塑料的黑白棋子撞击着木箱，发出喀喀的声音。收拾完毕，江美拎起箱子上楼了。

我走出了别墅。

庭院中长着一棵从根部起就分成了三根树干的枫树。抬头望过去，树梢上还残留着星点光亮。叶片好似信号灯一般从红色到黄色，无数小小的叶片好似一张张幻灯片，明亮得出乎人的意料。

我走过了这栋建筑物的背面，踩着落叶，沿着杂木林中那几乎很难被称为是路的一条小道前进着。一边走，一边还能听到脚踩地面发出的窸窣声。

走过了一片茂密的白桦林，视野一下子开阔了起来。眼前是一大片广袤的芒草草原。无垠的白色花穗轻轻地、一直延绵不绝地晃动着，就好似我梦中的场景。再远眺，能看到成片的落叶松和沉稳、安详的山脉。

那山一定是浅间山。

山顶附近，零星飘散着一团团小小的云朵，好像撕下的棉花糖挂到了天上似的。

我穿着栗色的外套，抱着双臂。穿着掐褶长裤的细瘦双腿紧并起来，无言地望着眼前这片无比宏大的风景。

风儿轻抚着脸颊，芒草微微摇动，树林间一片沙沙的叶鸣。

太阳争分夺秒地沿着山脊线下沉，暮色降临。唯有山那面还被明亮的光芒包裹，好似天神的居所，仿佛另一个世界。

周围的气温紧随落日下跌，我顿时感觉身体被寒冷包围。

浅间山的颜色逐渐变成浓郁的葡萄紫，山顶轻盖着的那片云做的帽子，也逐渐成了精致高雅的薄红色。

9

"想办法处理一下鸡蛋啊。"

大小姐命令道。

第二天的早餐准备做吐司，还要配上火腿蛋。但是买了整整一盒蛋，肯定会剩不少。

"煎蛋不行，她明天要做。这就是所谓的日式、西式、中式，她样样都会。"葛西毫无兴致地说道，"——日式会做饭团，西式会煎蛋，中式会泡面……"

峰一边向冰箱走去，一边用胳膊肘戳了戳男友的后背。男友葛西喊着痛躲开了。

那么，鸡蛋要怎么办？

如果有菠菜，我可以做一道拿手的纸包焗蛋。搭配吐司，我可以做个水煮嫩蛋。尤其是后者，加了醋的热水沸腾着，把蛋"噗"地打进去，那道工序我很喜欢做。软软地扩散开来的蛋白包裹住蛋黄，这个步骤我也很中意。

嗯，不过在现在这种情况下，最好还是保守点，做个原味蛋卷吧。

我从盒子里拿出一半的鸡蛋，一共五枚，开始做饭。

家里有基础调味料，没有的也买回来了。峰和江美在我旁边煮意面，制作沙拉。

再加上现成的饭团，劳动成果在餐桌上热闹地摆了一大堆，一顿饭就算做好了。

"江美的战况如何啊？"我问。

"二胜一败，前辈赢了。"

江美微笑着看向吉村，吉村似乎有些羞涩，又开始挠起了头。

这时峰同学开口道："倘若是分成红组和白组，那刚刚总分算二比三，接下来如果我能赢一局，就算男女两组打了平手。"

她建议再打一局，然后就改玩纸牌游戏。

吃完饭我们开始收拾残局，吉村想帮我们，可我们并不缺他那份人力。这壮汉在厨房局促地转了一会儿，最终还是离开了厨房。

葛西则坐在椅子上没动，读起了杂志。

我一边洗着盘子，一边开口道："走出房间的时候，他要把头低下来呢。"

"你说吉村吗？"峰回应道。

"是啊，是不是都成习惯了。"

"因为会撞到门梁吧？估计长到这么大，他撞过无数次了。"

"高个子的人也挺不容易的。"

很快，我们口中的这位吉村又回来了，手里拎着国际象棋的棋盒。

"哦，好哇，看我轻松搞定。"

葛西说着，把杂志放到一边。江美说："提前说这种话，可能会被人搞定哦。"

葛西一边说着"怎么会呢，只要多加小心就好啦"，一边开始摆起了自己那边的黑子。国际象棋里执黑棋者后攻，代表此人技高一筹。随后，他又摆起了对手的白子，不过摆着摆着他迟疑着停下了动作，不解地歪起了头。

"怎么了？"峰一边擦拭着玻璃杯，一边问他。

"欸，好奇怪。"葛西扒拉着那堆塑料棋子，说，"白棋里的皇后消失了。"

10

"不可能啊？难道被松鼠叼跑了不成？"大小姐说。

我心中则莫名感慨：果然，不说"老鼠"，而是说"松鼠"，这就是轻井泽的气质啊。

"棋子都放进盒里了吗？该不会掉到二楼和式房间的某个角落了吧？"

葛西说罢站起了身，吉村则紧随其后。

"怎么了？"连江美也匆忙擦擦手，跟着他们上了楼。

"那种事还蛮常出现的。"

"纸牌的话，还有空白牌。"

江美提前回来了，听她说，没在二楼找到白皇后。

"找个替代的东西？"

"不要，感觉不好。"

"要说咱们彼此哪一方想逃避决战，那结果可想而知喽。"

"怎么会！"

峰摇了摇手，思忖片刻道："……至少，不是我。"

准备好茶，大家都在客厅坐下来后，依然在讨论这个谜团。

"毕竟也没人监视我们每个人都去了哪儿，所以想藏起一颗白皇后，这谁都能做到。"峰说。

在这个时候，我们还都处在"意外莫名丢失"的想法中，所以大家都只是觉得有点好玩，纷纷点头。

这还真是围炉夜谈了。不过别墅的炉子只是个装饰品，取暖用的是空调。

这时，峰突然探出身子道："有人提到'为了逃避决胜局所以藏起了棋子'的说法，我再次发誓，藏棋子的人绝不是我。葛西，你呢？"

"你开什么玩笑，我那么强，有什么必要藏棋子啊。"

说到这儿，他突然露出坏笑："还是说，因为不想让家主输掉，所以吉村他们帮忙藏起来了？"

"什么啊！"峰气得噘嘴。

"倘若不是，那就是……对了，也有可能是这个人哦。"

葛西眯缝着他那双细长眼，竟然——伸手指向我。我大吃一惊。

"为什么？"自然，我反问他道。

"因为我们都在玩儿象棋，你觉得'好无聊哦'，所以就把棋子藏起来了。"

他模仿女生娇嗔时摆动身体的模样很滑稽，我忍不住喷笑："小学生才会那么做啦。"

最终，这个事情还是没讨论出个所以然，我们开始玩起了牌。

这次玩儿的是四人纸牌游戏，叫"black out"。第一轮一人拿一张牌，第二轮一人拿两张，依序增加。这种游戏玩法很多，蛮有趣的。

我先是在一边学习了一下江美的示范，然后加入了游戏。

因为是靠牌面决定过关者，葛西抽到了黑桃三，中了大奖（不，应该是倒了大霉）。不过，葛西的贤内助意外地称职，她时不时就会动作麻利地为大家斟茶倒水。最后峰同学拔得头筹，第二名是吉村。又玩儿了一轮，换我做了第二名，然后我就起身离席了。

我走进厨房，想烧些热水。

我在水壶中倒上冷水，又将壶摆放到瓦斯炉上。明亮的蓝色火焰在水壶底"噗"地延展、跳跃开来。

窗子框住了夜色，分割成四方形的一片，色彩逐渐深沉。树叶微微摇动着，传递着风的声音。

倘若没有暖气，这宅子里一定冷得令人发抖。听峰同学说，这边十一月就会下初雪。果然与凡尘不同啊。

要不是江美的那通电话，此刻的我应该还在家闲躺着吧。可现在，我却像是一个突然被镊子夹起来的袖珍小人，转眼来到了轻井泽的别墅里。真是太不可思议了。

（可我没想到，还有一种和我的感慨截然不同的情绪，正潜伏在意想不到的地方。那才是真正的"不可思议"。)

我想起了自己那煎得蛮不错的蛋卷,于是随手打开了冰箱门。

11

"怎么了?"

江美歪头问道。其他三个人也被她的声音吸引,有的转过头,有的拉了拉椅子,看向站在门口的我。

"这个……"

我特意把右手攥成拳,伸出来。然后在众目睽睽之下缓缓展开拳头。

"哎呀!"

只见峰同学放下了手上的牌,猛站起身。

正在这时,厨房炉灶上的水壶突然发出水开了的尖叫声。可谁都没催我快去关火。

没错,我手心里正摆着那枚白皇后。

"在哪儿找到的啊?"

"是哪儿呢?"

我竟然为了吊人胃口,摆出如此坏心眼的装傻态度,这令我自己也大吃一惊。只见大家都沉默着看向我,个个都像老老实实的好学生一样等待我的答案。

于是,我摆出一副名角气派,吐出两个字:

"冰箱。"

葛西皱起了眉。

"啊？怎么会在那儿啊？"

"就放在冰箱门内侧，摆鸡蛋的盒子里。"

欸？！大家齐声发出惊呼。看样子，这四个人里还有演技远超过我的厉害角色。

我走近桌边，仿佛走出最终一记将军（这个词我还是懂的）般，将白皇后放下。

"这可没法说是不慎掉进去的了。松鼠可不会开冰箱门。估计应该还是哪一位把它放进去的吧？倘若这宅邸之中没有潜藏着第六个人，那此人就在诸位之中。"

"喂，不要说这么吓人的话啦。"峰同学说。

于是江美扑哧一声笑了。

"倘若我们是在电影之中，这时就该电闪雷鸣了。"

"轰隆隆！雷声响起来，然后一道闪电，照亮了一个面容诡异的男人的脸！啪嚓！"

葛西开始了滑稽表演。

"讨厌！"大小姐露出了一个真的很害怕的表情。

"应该不会发生那种事啦，这恐怕也是一个游戏吧，和国际象棋还有纸牌一样。"

我对葛西说。

"嗯，你说得没错，这应该是某人的恶作剧吧。"

"干吗做这么奇怪的事啊？究竟是谁干的？"

峰同学的语气中带着一种"擅自在我的别墅做这种事，好烦"的情绪。无论做这件事的人是出于什么意图，但在大小姐看来，这么做都妨碍了自己去玩那场她非常期待的决胜局，所以她肯定不开心。

"总之，我先去关火。"

水壶的尖啸声已经无法再放任不理了。

"我也去。"

江美站了起来，紧接着，两个男生也站了起来。估计都想亲眼看看这颗棋子被放到冰箱里的什么地方了。

大家就这么鱼贯走进厨房。

我先关了火，然后把水壶里的热水倒进了茶壶中。只见热气好似云霞一样蒸腾了起来。

在观察冰箱内部的几个人中，女生们都马上注意到了一件事，纷纷发出怀疑的叫声。我这才意识到，自己忘了提前告诉大家这件事。

于是，我咔嚓一声盖上了壶盖儿，对看过来的江美说："没错，'鸡蛋'变成三枚了。"

吉村一歪头，问："鸡蛋？"

看样子他还没搞清现在的事态发展。

"没错，白皇后回来了，但有一枚鸡蛋消失了。"

12

我们把那枚白皇后放在了厨房桌子上,围着桌子坐了下来。那枚白色塑料棋子沐浴在我们五个人的视线之下,看上去有点战战兢兢的。

"那么,接下来……"

葛西摸着面颊开口道:"没法确定这事情究竟是谁做的啊。"

峰同学问:"为什么啊?"

"因为我们每个人都有做这件事的机会。人人都可以靠近冰箱不是吗?而且犯人如果直接坦白,不就一点意思都没有了吗?所以重点还是此人究竟为何要做这件事对吧?如果这是一场精心设计的游戏,那就得由我们想出答案才行了。"

他正说着话,只见峰同学像只猫咪一样伸出了胳膊,摸了摸他的身体。

"你干吗啦?"

"我摸摸看你兜里有没有藏着鸡蛋啊。"

葛西露出一个苦笑。

"没有啦。"

与此同时,大家也都条件反射般地检查起了自己的衣服。我也脱下了外套,露出穿在里面的白毛衣。徒劳地在自己身上摸了一通,自然,并没摸到鸡蛋。

"有谁拿着鸡蛋吗?"

我们一起摇摇头。于是葛西颔首道:

"把棋子放进冰箱,把鸡蛋取出来。独自一人完成这件事毫无难度。就算边上有人,也可以把东西藏在裤兜或者外套内侧的口袋里,再不然也可以藏在手里拿着的东西下面。这样就能轻松逃离厨房了。接下来就随便找个地方安放那枚鸡蛋即可。"

此时我抗议道:"我觉得并不是'随便'的。"

"哦?"

"如果要安放,肯定会找个有相应意义的地方。"

听我这么说,吉村似乎产生了兴趣,那庞大的身体向桌子靠近了些。

"什么意思?"

我一边思索,一边慢慢分析道:"棋子放在哪儿了?放冰箱了。但如果做这件事的人只是想找个地方放,为什么不放别的地方呢?此人选的这个地方未免太奇怪了吧。"

"因为有放冰箱的必要,对吧?"

"对。"

"赞成。"

峰同学动作轻柔地举起了手:"当然了,与其说是必须放进冰箱,不如说是有必要放到鸡蛋所在的位置。"

"为什么呢?"

这次换葛西成了提问方。

"你清醒点好不好!因为这个人不但要放棋子,

还要把鸡蛋拿走。就是因为消失了一颗鸡蛋,所以我们才会翻找衣服兜呢。'对方'其实是想说:先丢了的是棋子,接下来丢的是鸡蛋哦。"

"可是,也有可能只是因为觉得冰箱比较好隐藏,所以才放进去的吧?如果藏进冰箱,那么迟早会有可能打开,被发现之后肯定是一片骚乱,用这种方式来观察大家的反应再合适不过了。这么看来,冰箱不就是最合适的藏匿地点吗?"

"然后,这回轮到藏鸡蛋了。"

葛西抚着下巴。

"嗯,也可以这么推论吧。"

"好傻!这也太没戏剧效果了,算什么游戏啊?游戏去掉戏,不就只是瞎'游'一场吗?"

大小姐的文字游戏玩得很高明。

葛西微微一笑道:"瞎游一场,说得未免太虚无了。"

13

——那么,故事情节正酣。

擅长讲述的人,往往也是优秀的倾听者。在我讲述的过程中,圆紫大师一直恰到好处地给出反馈,引我打开尘封的记忆大门。不过这件事给我留下了相当深刻的印象，所以虽时隔一年半，至今我依然能回忆起一些细节。

"真是有趣的经历。"

"是吗？"

"啊呀呀？你这个当事人回应得有些敷衍哦。"

圆紫大师又点了杯咖啡，我则续了一杯红茶。有种要蓄力开工了的感觉。

"可是，当作谜题的话，只解到一半，有点不上不下的。"

"哦。"

"倘若是有用的信息，我早就会多讲几句了。"

圆紫大师微微歪了歪头。

"嗯，我不这么认为。"

"可是，光靠这点信息，也确定不了'犯人'啊。"

我话刚说到一半，却维持着那个张开的嘴形不动了。紧接着，我用力眨了一下眼睛。因为我读懂了圆紫大师的表情。他脸上分明写着"我知道犯人是谁了"几个字。

"……怎么可能。"

我惊呆了。

"不可能啊，因为……"

我语无伦次地支吾着。

"来吧，先喝点茶。"

圆紫大师指了指刚刚端上来的红茶，随后微笑着对侍应生说："啊，请再上一份蛋糕吧。"

他真是一下就能让人高兴起来，我心想。随即感到有些遗憾。有幸拿到了他的签名板，本想着至少把红茶钱出了，可看眼前这情况，恐怕连同蛋糕都要大师请客了。

"选什么蛋糕？"

"芝士蛋糕。"

我一边说，一边在脑子里思索：究竟是哪条信息让他找到破获谜题的关键。可是我怎么想都想不明白。我有些耿耿于怀。

"算了，这个先放下不提。反正是我们中的某个人想要炒热气氛，所以想到的小把戏，至于动机，倒也没什么必然性，当成谜题未免无聊。"

不知为何，圆紫大师脸上的笑意更浓了。

"炒热气氛，这个说法蛮好的，很符合你的用词习惯。"

（怎么这么烦啦！）

不过，看他的表情，我猜圆紫大师是连我本以为没有的"必然性"都考虑到了。如果真是那样的话，我岂不是彻底下不来台了！不，当时在那儿的所有人，岂不都是大傻瓜了吗！

圆紫大师淡然，继续道："不同的事有不同的解释。不过，对比同一整体之中的前后关系，再进行思考，有时候问题的答案就能简单想通了。"

随后，他从衬衣口袋里拿出了一支细芯的签字笔，在餐巾纸上写下了这样的数字：

八万三千八三六九三三四七一八二四五
十三二四六百四亿四六

"这，这是什么啊？"

"哎呀，因为你提到轻井泽了，我就想起了这个。两三年前我曾去过轻井泽的追分。当时在收集乡土资料的地方看到了一个碑文的拓本。"

他说得若无其事，我听得胆战心惊。

"……是，是和歌？"

"没错，叫作《一家歌碑》。"

这个人也太可怕了，这么长一串数字的罗列，他竟然记得一清二楚。这可不是我那《古今著闻集》的内容比得了的。

"要用万叶假名(9)来解？"

"大抵如此。"

"您说这是《一家歌碑》的内容？"

---

(9) 万叶假名是为表记日语而用作表音文字的汉字。在平、片假名形成前，通过汉字的音和训来标注与汉字原本含义不同的日语语音。[例：波流（春）]

"没错。"

于是，我理所当然地开始找"一八"。哦，就在这行字的正中间。我伸手指着，抬眼看了看圆紫大师的脸，只见他肯定地点了点头。我有了动力，又指向一个字。

"一家（hitotsuyani，一hitotsu、八ya、二ni）"

"不错。"

圆紫大师夸奖道。

"工作？（shigoto，四shi、五go、十to）"

"不是的，是'夜'。"

"啊！是'每夜'？（yogoto）'切肤'（minishimu，三mi、二ni、四shi、六mu)？"

"一家归处，每夜切肤"我读到这个程度就放弃了。圆紫大师则流畅地为这行数字加上了假名。

Yamamichiwasamukusamishina hitotsuyani
yogotominishimu momoyookushimo

山路寂寥，一家归处。每夜切肤，百夜寒霜。

"原来如此。"

"把这里面的'四五十'放在整句话里，就能判断出它的意思是'每夜'（yogoto），而不是'工作'（shigoto）了。"

139

六月新娘

我向前探出身子，紧盯着圆紫大师的脸说："判断不出。"

圆紫大师苦笑道："哎呀，因为时间太短了，所以判断不出。坐下来好好想，肯定就能想到啦。"

"能得到您这样的肯定，可得说声谢谢呢。"

"哎呀，干吗闹别扭。"

大师扑哧一声笑了。正巧芝士蛋糕端了上来，我叉起一小块放进嘴里，继续道："您的意思是，我刚刚讲的故事也有个整体的方向，对吗？"

"是啊。"

"也就是说，单拿出一部分的话是看不到真相的，只有从整体出发，才能看到。"

"没错，没错。"

这个思维逻辑我是明白了，但实际该如何做呢？我还毫无头绪。

总而言之，我继续讲起了"轻井泽三题落语"的后半章。

14

"江美，你怎么想？"

我见江美那圆嘟嘟的脸庞一会儿往左看一会儿往右看，一直没发言，只顾着听大家分析，于是抛话给她。

"欸？你问我吗？"

"嗯。"

"这个嘛……"

她慢条斯理地拉起了长音："可能是松鼠干的吧。"

欸？峰同学发出抗议声。自然，我也完全无法苟同。

"怎么可能啦！松鼠哪儿打得开冰箱门呢？"

"所以说，就是……松鼠之类的，准松鼠？"

"什么怪说法？真搞不懂。"

江美好似家教优越的公主一样，被吐槽了也不恼，那张白皙的脸上还挂着笑容。

"要说是某种动物，想做到这一点还是比较难的，所以驳回'动物犯罪说'。"

葛西好似法官一样，态度严肃地宣布。

"嗯，总而言之呢，咱们暂时也讨论不出什么新进展，先休息一下吧。"

随后他抬腕看表，我坐在他右边，也条件反射般地看了一眼他的表盘。长针短针被做成了一个金色剪刀的造型。每过一小时，那把金色剪刀就会合起来一次。真有趣啊，挺适合他的。我忍不住想。不管怎么说，有自己的风格都是件好事。

"已经晚上八点了欸。"

"该泡个澡了。"峰同学说。

大家讨论了泡澡的顺序。最终决定让男生先洗。于是,吉村第一个进了浴室。

我们去了二楼的日式房间,为泡澡做准备。

峰同学还化了淡妆,得先用卸妆乳卸妆。程序比较复杂。

然而,她的妆还没卸干净,纸拉门就被敲响了。

"在。"

对方默不作声,令人有些不舒服。于是我又开口问"哪位?"其实一算就知道,敲门的只有可能是葛西。所以与其说我真的想知道敲门者是谁,不如说是在催敲门者主动开口说话。

果不其然,门外响起了葛西冷淡的声音:"是我。"

我和江美站起身去应门。

"怎么了?"

只见对方耸耸肩,开口道:"鸡蛋出现了。"

15

峰同学才刚用面巾纸擦去了脸上的卸妆乳,此时忍不住转过脸来看向我们。我立刻反问:

"在哪儿找到的?"

"更衣室的架子上。"

我之前看过一眼浴室的模样,大概心里有数。说是"更衣室"未免夸张,不过浴缸前面确实有一片空间,也确实有个架子。

"是吉村前辈发现的吧?"

"没错。他一路喊着'找到了找到了!'跑到了厨房。于是我也被他勾起了好奇,就跑上来了。"

"欸?"

他来找我们不是为了把找到鸡蛋的消息告诉我们,而是因为"被勾起了好奇"?这是怎么回事?我有那么一瞬感到诧异。紧接着,葛西的下一句话顿时消解了我的疑惑。

"我在想,'鸡蛋'之后会是什么?棋子代替了鸡蛋,如果按这个逻辑思考的话,放鸡蛋的地方之前肯定放了别的东西,结果现在它消失了,对吧?"

"啊……对啊。"江美马上回答道。

"我打扫过浴室,所以有点印象。我记得入口处的那个架子上放了一个粉边的镜子。"

"……镜子。"

"是的,那种可以立放的镜子。比一本文库本稍微大一圈……"

"就是它。"

"不见了?"

"不见了不见了,彻底消失,彻底。"

葛西挥挥手，似乎有点高兴。说罢他就下楼去了。

卸了妆的峰同学脸上浮现出的不只有雀斑，还有不可思议的神色。

"这究竟是怎么回事啊？"

卸了妆的峰同学看上去反而更生动，更可爱。

于是，我们几个又聚到了楼下的客厅。

轮到谁该洗澡，就离席去洗。

"所以呢，这回轮到'镜子'了。"

葛西洗好了澡返回客厅说。江美站起身，该轮到她洗了。

吉村抱着胳膊，抬头盯着天花板，说：

"无论是冰箱，还是更衣室，都是必然会被人注意到的地方。所以，这回它也应该被摆在容易被人发现的地方了吧。"

原来如此，如果照这个思路，"棋子"在"冰箱里"，"鸡蛋"在"架子上"，那么……啊！我突然灵光一现。

"什么？"

峰同学呆呆张着嘴巴，一脸不可思议地看着我。

"等一下……"

我又皱起了眉，我在整理思路。

"哦，看来是要宣讲你的看法喽。"葛西恶搞道。

不过，他这句话里也有一半是认真的。

"这三个都藏完了,游戏就算结束了?"

我先是提了这么一个问题,并没有具体在问谁。不过,回答我的是葛西。

"不清楚啊。不过三确实是个不错的数,的确有可能到三为止。"

"如果真是这样的话,那我应该知道镜子被放哪儿了。"

"喂喂!你说真的?"

另外三个人的视线都落在了我身上。

"就像接词游戏一样喽。那么,就应该是放回开始的地方了。"

葛西沉默了片刻,随后猛地一敲膝盖。

"对啊!应该在棋盘里。"

他立刻站了起来,走向那个装饰暖炉。我也一跃而起。只见葛西拿起了那个木盒子。

镜子有点大,要放进盒中未免吃力。所以应该不在盒子里,而是在盒子下面——

"答对了!"

葛西一边说,一边将那把镶粉边的小镜子高高举到头顶。我也忍不住地得意地扬起了鼻子。

"厉害啊,名侦探!"

"不过,谁都能把镜子摆在这儿。所以还是揪不出犯人。"

葛西左手拿着镜子,右手抚着头发,耍着帅说。

的确,明确发现少了棋子的时候,这盒子已经摆回来了。一直到开始玩儿牌为止,大家都是随意出入的。想把一个小镜子拿过来偷塞到棋盘下面非常简单。

吉村抚着下巴说:"也就是说,如果发现白皇后的时候马上把它放回棋盒里,就会发现那下面摆着镜子?"

白皇后至今依然孤零零地被扔在厨房桌子上呢。我点点头,回答:

"三样东西在那个时候就已经都摆好了。无论怎样,已经到了要去洗澡的时候了,不可能还不收拾棋子。所以完成这个'接词游戏'也只是时间问题。"

"藏起来"的目的并不是"隐藏本身",它的目的,反而应该是把这三个东西"展示出来"。

我说:"——棋子、鸡蛋、镜子,它们究竟是什么意思呢?"

16

"十五,七,十九。"

峰同学在手心上一边写着什么,一边念叨。

"是咒语吗?"

"是笔画数，这三个字的笔画数[10]。"

"感觉和笔画数没啥关系。"

"如果有保险箱的话，这几个数字说不定是密码哦。"

峰同学有点不死心地说。

"写成'棋子'（駒）的话确实三个词都是汉字，但是如果写成'皇后'，那也有'queen''egg'和'mirror'这条思路。"

吉村说。

"真不愧是英语专业的。"

如此简单的英语单词被人这么夸，听上去反而像讽刺。葛西是政治经济学部，吉村是文学部的。说起来，我此前似乎有印象，在学部校园内曾和这个身材魁梧的前辈擦肩而过。

"Q、E、M，是什么意思呢？"

吉村表情严肃地思考了半晌，最终摇摇头。

"如果是QED的话，那就是'证明结束'的意思。"

"结束，哎，哪里是结束哇，咱们这简直是闯进迷宫走不出来了啊。"

"就简单点，按照女王、鸡蛋、镜子之间的关系去想呢？"

---

[10] 日文中这三个字的汉字分别写作"駒、卵、鏡"。

"怎么简单去想啊……"

正在这时,我又是灵机一动。

哎呀,原来如此。

"我明白了!"我猛地一拍手。

"欸,你解开了?"

"没错,而且我也知道是谁干的了。"

正在这时,门轻轻地、轻轻地被推开了。江美换了一身清爽的衬衣,穿了件羊毛开衫。只见她好似吉村一般,挠着头站在门边。

"被你们猜出来啦?"

"庄司同学是'犯人'?"

葛西惊讶地问。庄司是江美的姓氏。只见"犯人"用手轻轻按着自己绸缎般的黑发说:"是的,我自首。"

随后她低头鞠躬道:"我不会逃跑啦,不过,请让我去把头发吹干一下。"

"江美……"

我冲着朋友正准备离开的后背喊了一声。只见江美一脸天真地回过头。

"怎么啦?"

"'准'就是'亚',对吧?"

江美点了点头,就离开了。

自然,接下来的我荣获全场争先恐后的提问,下一个轮到峰同学去洗澡,可她根本不肯走。我则仿佛召开记者会的大明星,接受着大家的提问。

"女王,鸡蛋,镜子。连起来一想,我就想到了一个故事,于是也就明白了江美之前说的那句话的意思了。"

"之前说的那句话?"

"我当时问她怎么想的时候,她的回答。"

"她怎么回答的?"

峰同学恍然大悟般大喊一声:"松鼠!"

"准确来说,是'准松鼠'。'准',就是'亚'。亚硫酸的'亚'。这么一想,就解开谜底了。"

看上去,"松鼠"一词并没有激发峰同学的任何灵感火花,她一脸狐疑地看着我。于是我继续道:

"——连起来就是'亚松鼠',alice啊[11]。"

17

"真抱歉,惊扰到大家了。"

大家聚齐之后,江美站起身,再度对大家低头道歉。

"不过,挺有趣的吧?"

"好特别的经历呢。"大小姐说。

---

[11] 日文中亚读作"a",松鼠读作"risu",连起来便是爱丽丝(alice)的发音"arisu"。

"虽然联想起来应该没多难的。"

葛西"呼"地吐出一口香烟,然后眯起了眼说:"是《爱丽丝梦游仙境》对吧?"

爱丽丝穿过镜子,进入奇幻世界。这个故事和棋盘息息相关。"皇后"也是出场角色。"鸡蛋"自然指的是耳熟能详的《鹅妈妈》里那两个坐在围墙上的"矮胖子"蛋头先生。

江美其实一直在等待有人发现这一点。

"为了弥补让大家担忧不安的过失,就让我为大家表演一曲好啦。"

说罢,她举起了手中的单簧管。她整个中学时期都是学校吹奏部的,而当时的我尚不知晓。

"欸,这是从哪儿拿的?"

于是峰同学解释说:"是我姐姐的,她今年夏天带来在树林里吹过。然后就留在这儿了。"

我很理解那种感受:在轻井泽的树林中吹奏一曲,这该是多么诗情画意。就那么把乐器留在此处,也显得从容大气。

峰同学应该知道江美会吹单簧管这件事的吧。所以才会请她在此为大家演奏。

"有一阵子没练了,吹得不好,大家多包涵。那我就来一首练得最熟的曲子《单簧管波尔卡》吧。"

她似乎已在自己房间看过乐谱了。只见她微阖双目,将单簧管举到唇边,就那么闭着眼吹奏起来,温柔的旋律顿时溢满这个房间。

我忍不住幻想起来。

在这样一个寒冷的夜晚，童话世界中的人们聚集在了这栋绿屋顶、白墙面的家里，在暖炉旁愉快地聊着天，度过美好的时光。随后，一名长发女子站起身，吹响有着魔力的竖笛。那旋律好似长长的丝线，绵延不断地飞过山丘和湖泊，一直飘向了很远很远的地方。

后来，我们喝起了加冰水的威士忌可乐。我发现峰同学竟然属于喝醉了之后很爱笑的那种类型。这位大小姐和葛西前辈喝了点酒之后更是亲密得毫不避嫌。两个人卿卿我我，腻歪到我不禁心里感慨：你们竟忍得了接下来分房睡啊？

凌晨一点后酒会结束了。我们三个女生回了二楼房间，把枕头排成了一排躺下。寂静一波又一波袭来。我只喝了加冰的乌龙茶，所以脑子清醒得很，毫无睡意。

我们三人有一搭没一搭地聊着天，聊着聊着，就没了声音。

我这个人一旦出门旅行，往往都是比别人睡得晚，醒得早。所以我只好在心里无奈地嘀咕了一句：今晚又是我独自被剩下喽。然后就闭上了眼。

寂静之中，能听到峰同学很轻的香甜鼾声，十分可爱。不时地，还能听到窗外有风吹动林木的沙沙声。这一晚很静,倘若这屋中摆了花,我猜就连花瓣散落声我都听得到。

这时,我听到一旁的江美动了动。

我轻轻睁开眼。

我比较习惯靠右侧卧入睡,虽是面向江美这边的,但也只能通过气息的些微变化感受到江美的动作。这个房间里连一个小小的照明都没有。因为我们三人一致认为"让房间彻底黑下来才能睡得好"。

可是,我总感觉江美那温柔的视线一直落在我的身上。

时间好似沙漏中的沙粒,点滴流逝。

沙子似乎流走了上万颗,我轻轻闭上了眼。正在这时,我听到江美很轻很轻地说了一句:"对不起。"

我不由得小声问"欸?"

可是,那一声回应,却被四周无尽的黑暗吸走了。

(是我幻听了?)

仅仅一瞬,稍纵即逝。那一句道歉是否真的曾被说出口?一切都好似悠然下沉至水底的水晶,捉摸不定。

而我,也在不知不觉中睡着了。

18

第二天一早,峰同学做了火腿蛋。前一天令我们大惑不解的那一枚鸡蛋,也和它的小伙伴们一起变成了煎鸡蛋,进了我们五个人之中某人的肚子里。

整理好房间,收拾好厨余垃圾,最后再把水管里的水放空。小跑着去关水龙头的吉村在回来时可能是被地上的落叶滑了一下,于是在我们三个女生面前表演了一个大马趴。如此魁梧的男人,在秋天这块色彩丰富的地毯上长腿一横,摔了屁股蹲儿的样子实在太有趣了,我们都忍不住哧哧笑了起来。

还没到中午,我们就乘坐红色的小汽车,离开了那幢别墅。

——以上,整件事的内容,当然,是做了总结归纳的内容,就算全讲完了。

"您怎么看?"我问。

"原来如此。她会在深夜向你道歉啊,这还真是令人信服的结局。"

"是吗?"

其实,唯独这一点我始终无法释然。第二天早上我问江美:"昨晚你是不是说梦话了?还和我道歉呢。"而江美则依然是那副惯常的模样,面带微笑地说了句"哦?有吗?"就把这件事给岔过去了。

"她在那天晚上向我道歉,我觉得唯一的可能就是和'爱丽丝游戏'有关。但我想不明白她为什么要那么做。除了这件事之外，其他我都挺明白的，没有任何疑问。"

圆紫大师眺望着窗外洋洋洒洒的雨，似乎在整理思路。最后，他转头看向我，问："其他都明白了，没有任何疑问吗？"

"嗯？嗯，是啊。"

我回答这个问题的时候，话音都还没落就已经开始感到不安。

"怎么说呢……虽然这事情确实比较奇怪……"

我想辩解，但听上去很苍白。

"不，我倒觉得这件事本身并不奇怪。"

干吗说得这么不中听！如此一来，奇怪的不就是我了吗？

不过，事实情况就是，圆紫大师的确是通过和我完全不同的一条路径（虽然我心有不甘，但不得不承认，他这条路明显短得多），找出了"犯人"。

我小声地、煞有介事地清了清嗓子。

"圆紫大师，您是在我提到'亚松鼠'之前，就已经知道犯人是谁了，对吧？"

"对。"

"您猜对了吗？"

"是啊，当然了。除了庄司同学之外不可能再有其他人了。"

"也就是说,这个谜团其实相当简单?要找出犯人,还有更浅显易懂的方式对吗?"

"没错,不过,在此之前,我有一件事需要和你确认一下。"

随后,圆紫大师啜饮了一口咖啡,然后轻飘飘地吐出了一句话。可这句话在我看来,却有着足以令我心神爆炸的冲击性。

"庄司同学和吉村同学,应该马上要结婚了吧?"

19

怎么会有这种事?

关于他们的婚讯,就连我本人也是刚刚才在文学部教室里听江美说的。圆紫大师是如何凭借一个一年半以前轻井泽之行的故事就推测到的呢?

我只能猜测,当时圆紫大师是偷偷躲在天花板上,或者是戴着吸盘手套,像只雨蛙一样扒在窗玻璃上听到的。

我脑海之中瞬间描摹出摆成后者模样的大师。而且还是穿着正式演出时的和服,再看看眼前这位本尊的脸,我忍不住睁圆了眼睛。

圆紫大师则游刃有余地追问:"我猜错了?"

我急忙摇头,示意他并未猜错。然后又猛烈点头,表示他们确实要结婚了。

"好的。"

他并未对我复杂的反应表现出疑惑,只是微笑着又继续啜饮起了咖啡。

"为什么,为什么能猜到这些啊?"

"哎呀,其实很简单哦。"

圆紫大师将杯子放回到杯托上,抬起他那人偶般白净的脸庞。

"刚才我提到,之前曾去过一次轻井泽。"

"是……"

"那是几年前的事了,我至今还记得那一天是五月一日。我是从小诸过去的。时间方面空暇很多,机会难得,想着那就拜访一下怀古园好了,于是我中途下了车。当时我身边还有弟子游紫,他还专门看了一下列车时刻表。游紫是个非常认真规矩、做事讲条理的男人,所以不可能在时间方面犯错,可唯独那一次,他失误了。等我们到了车站,正看到电车离去的背影,我们没赶上车。"

"啊……"

我不太明白他讲这件事的意思,姑且干巴巴地回应着。

"眼看着电车远去,我们两个俊宽[12]捶胸顿足也是无用。"

"是啊。"

"于是我们改成了打的士。车站门口就有。我们俩坐进车里,司机问:二位去哪儿?于是我们回答:去轻井泽。结果对方突然说:非常抱歉,请二位下车吧。"

"啊?"

"随后,他指了指旁边那辆的士说'请坐那一辆吧'。那么,请问——"

圆紫大师停顿一拍,缓缓道:"这究竟是怎么回事呢?"

"拒载?可是,他又让您二位去坐隔壁那辆……"

于是我给出了一个极为常规的回答。

"隔壁的那辆车正好要去轻井泽,所以就用无线对讲机把他喊过来了……"

"如果是从轻井泽过来的人,那应该会搭乘轻井泽的的士吧。"

说得也对。

"那就简单了,是要开回轻井泽的车。"

---

[12] 俊宽,平安末期真言宗僧人,1177年同藤原成亲等密谋灭平家,因事情败露与平康赖等人一起被流放鬼界岛。后一同流放者得到赦免,来船仅将赦免者接走,独留俊宽一人继续流放。俊宽望着远去的船儿绝望悲叹的形象在很多艺术形式中都有所体现。

"并不是,那就是小诸站的的士。"

"那就是……里面已经坐了要去轻井泽的人。就是说,有人拼车……"

"不,很少遇到那种乘客的啦。"

"那就是公司不同,这个车它就不是跑轻井泽那条线的车?"

我猜得很痛苦。

"又不是巴士,不会出现那种情况吧。"

"那究竟……"

我东想西想,却又四处碰壁。最后,我又找到一个出口:"是因为出勤时间?"

"哦,这个推论不错。从小诸开去轻井泽,然后再回来,这可是要花不少时间的。和在市内跑完全不同。但是,我既然特意把它拿出来讲,那么你就得考虑我话中暗藏的'关键信息'了,这位司机,他有事要办。"

"有事?"

"猜猜吧,会是什么事呢?"

我"啊!"地恍然大悟。五月一日!

"劳动节。"

圆紫大师微笑着点点头。

"没错,因为他要参加五一劳动节的活动,所以如果开车去轻井泽,就赶不回来了。正是因为那天是五月一日,所以我们才会遇到这种情况。季语就是好例子。有时确实会遇到这种和时间关联密切的事件呢。"

"是啊。"

"我们今天的对话也非常典型,先从季节问候开始。从'梅雨'到'蜗牛'。整个过程非常地自然。接着,就是磁带的话题。可是,你在聊到这件事时,突然提了一个目前尚未出版,应该收录在最终卷里的曲目《鳅泽》。自然,这故事是发生在冬季的。话题从这个故事转到了三题落语的体裁上,于是你开始讲起了'晚秋的轻井泽'。从夏天突然进入冬天,又一下跳回到秋天。季节完全不同了。"

我忍不住噘起嘴。

"季节不同也没办法啊!"

事情本来就是如此,所以会变成这样也是自然嘛。

20

"嗯,当然了,这也是出于你的本意。因为在你转变话题之前,聊到的是'吟诗作对时开口就说了错误的季语,被大家取笑,没想到反而是作者更胜一筹'的话题。所以,你其实想表达的是'别看我讲的这个故事的发展听上去杂乱无章,听到最后,你会发现一切都首尾相连,井然有序哦'。"

我恨恨地盯着圆紫大师的脸,简直要盯出个洞来。然后开口道:"圆紫大师,你一点都不可爱!"

"哎呀,我挺可爱的呀,虽然不及你可爱。"

"好烦!"

我气呼呼地挥着拳,摆出要揍人的姿势。圆紫大师则低下了头。

"我投降。"

正在这时,店里热热闹闹涌进一大群人,好像是一个小组或者一个社团的伙伴。只见这群人把我们身后的桌子拼到了一起开始聊天。从他们的视角看过来,我们这一桌就好似一名助理教授或者讲师在对着一个学生低头道歉似的。想到这儿,我也不免感到有些好笑。

"然后呢?"我率先催促道。

"嗯,然后呢,在听你讲述时,我感觉庄司同学和吉村同学的关系,该怎么说呢……他们的关系相当好……"

"庄司同学和……"我下意识反问。

"没错。"

"不是峰同学他们那一对关系比较好吗?"

"只是因为他们那一对毫无隐瞒吧。说起来,你的故事应该最终会落回到'季节'的话题上。看你讲得那么积极,我猜这应该是件好事。想到这儿,我观察到你今天不知为何看上去很兴奋。如此想来，就比较方便得出结论了。关系不错的一对男女的故事和'当下'产生了关联，这关联是什么呢？肯定是'六月新娘'喽。"

他说得没错。我的确准备在讲完这个故事之后，用"六月新娘"收尾，来个首尾呼应，总结全文的。

"如此想来，是庄司同学和你更加亲近。得知要结婚，于是令你感到印象深刻的，必然是她那一对吧。再说，无论如何这个故事的主角都是庄司同学。所以我才猜结婚的是她们这一对情侣。"

"这我知道。可是您究竟从什么地方判断出庄司同学和吉村前辈'关系相当好'的呢？"

"很简单啊，"圆紫大师轻松地说，"因为有三样东西消失了啊。"

21

如此一来，也只能听圆紫大师说下去了。只见他高谈阔论道：

"或者，我说得再明确些，就是白皇后消失了。只是因为觉得有趣，于是突然搞出了一个'爱丽丝梦游仙境'主题，未免太过生硬了。所以可以这么想：犯人是想隐藏其中的一个东西。说得具体一点，就是想给最初丢了的那个东西赋予些意义。然后再把剩下的两个物件藏起来。这么一想，逻辑就通了。"

听不懂。我皱起了眉。

"我这么说吧。最开始知道白皇后丢了这件事时，有人会意识到'啊，大事不妙！'了。"

"嗯？"

"庄司同学他们下完棋后丢了一枚棋子，那么自然要去二楼寻找。葛西同学正是这么做的。可如果二楼也没有，这就相当不对头了。不过，你这么想：倘若在拿去二楼的时候，棋子就已经少了呢？"

我惊得合不上嘴。

"只要找找一楼客厅的桌子下面就行了，对吧？棋子只在客厅到和式房间这条路线上移动过，不在楼上，那就是在楼下。"

"可是……"

"当然了，没有白皇后是下不了棋的。然而，庄司同学却明确告诉大家，她和吉村的对战是一比二。打开盒子发现棋子少了，肯定心里一沉。"

我用力吞口水，感觉两颊发烫。

"庄司同学在客厅的桌上收拾棋子的时候，落下了白皇后。因为峰同学在第二轮比赛的最后被夺走了白皇后。葛西同学可能是把那枚棋子摆到桌子的一角了吧。然后他和峰同学站起来，其他人坐了他们的位置。在这个过程中，白皇后被碰掉到了地板上。这个可能性还是很大的。"

圆紫大师喝了口水，继续道："那么，庄司同学拎着盒子上了二楼，和吉村同学共度了一段时光。不过，他们并没玩儿棋，也没注意到棋子少了一颗。待大家聚在一起的时候，被问到'对战成绩如何'，本可以直接回答'我们压根没玩儿'。但心理上又很难把这种回答说出口，于是就只好随口说了一个对战成绩。结果随后发现棋盒里少了棋子，这下可糟糕了。"

圆紫大师的态度非常认真，并不像开谁的玩笑。看他的表情，反而是非常共情江美的心理。

"明白了……"我脸色通红，坦率地点了点头，"可是，在我说出'亚松鼠'之前，也就是我还没把故事讲完的时候，这个'犯人'也有可能是吉村前辈呀？"

"不，你思考一下'棋子找不到了'之后大家的行为。吉村是跟着葛西去了二楼。估计他也心中不安吧。然而，庄司同学也跟着去了，不过却是率先回来的。想必是假装跟着葛西一块儿走，实则抢先把客厅桌子下面的白皇后回收了吧。毕竟棋子是她自己亲手收拾的，如果找不见了，她肯定马上就意识到了会掉在哪里。但她不想被人发现。所以她才会先跟上楼，再率先回来。"

"哦……"

我发出叹息般的赞同声。

"从你的描述中我能听出，庄司同学大方稳重，同时头脑清醒。从她的个性考虑，这个做法也比较符合她的性格。"

"的确……"

"那么，把白皇后找回来不难，接下来的事情就有点难了。最合理的解释应该是'掉在二楼的和式房间里了'。可是他们几个才刚从二楼回来。葛西和吉村两个人都确认过二楼什么都没有。"

"是……"

"'没办法，只能由我藏起来。就把它搞成是一场有意思的小游戏好了'，庄司同学恐怕是这么想的。事实上，它也确实是一场有意思的小游戏。她从'白皇后'马上联想到了《爱丽丝梦游仙境》，接下来就是等待有人发现其中关联了。倘若没人想到，最后就由她主动坦白即可。"

"是哦。"

"不过，她并没有主动坦白的必要了，因为'名侦探'恰好现身。"

我向后躺倒在了椅背上。

"事情闹成这样，您说我是名侦探，我感觉好丢人。"

"是吗？"

圆紫大师温柔地看着我。不，他那温柔的目光，似乎同时凝望着我和不在场的准新娘江美，我们两人。

"不过，我希望你别生庄司同学的气。从旁人角度揣测她和吉村前辈如何度过那段时光，这样捕风捉影并不合适。不过既然他们如此想要隐瞒，那请容我失礼推测，大抵应该是拥抱接吻等比较亲密的举动吧。这段时光，他们希望能成为只属于他们两人的小秘密，我想大家应该都能理解这种心思。所以，还请帮助他们保护好这个秘密吧。"

"好的。"我立即干脆地回应了大师。

"虽不能说所有人都是人前人后反差强烈，但人人都一定有自己的小秘密。这一点毋庸置疑。至于显露些什么，又隐藏些什么，此事因人而异。谁都有不愿明确坦白的事情。峰同学和葛西同学，庄司同学和吉村同学，还有你我二人，都是一样。从某种意义上讲，正是其中比例的不同，才塑造了独属于此人的，不可动摇的特性。"

"哇！"的一声，我们身后那群人发出欢呼，似乎是有人提出了某个非常有趣的建议。高低错落的嘈杂人声融会贯通，最后形成了一整个统一的欢呼声。

圆紫大师柔和的嗓音，与这欢呼重叠。

"不过，虽然此事算是圆满解决，但从结果来看，她的确利用了你。庄司同学心里大概非常过意不去吧。所以才会有那个悄声道歉。"

比起一句话被说出口的那一瞬，此前那沉默的时间里蕴含了多么深沉的愧疚啊,事到如今,我才终于明白了这一点。

而今天,江美也把她的婚讯,第一个告诉了我。

22

"吉村前辈要去九州分公司那边上班了。因为这件事,他们两人意识到了彼此是多么需要对方。不过,婚后江美依然还要读大学,想住在一起,还得再等差不多两年才行。听江美说,正因如此,所以他们不准备订婚,而是决定正式结婚。"

放学后的教室里,江美淡然地告诉了我这个决定。她的声音,此刻再次回荡在我心间。

"如果是其他人这样讲,我说不定会觉得操之过急。但如果这个人是江美,那就另当别论了。看着她,我仿佛看到一株植物扎实地生根发芽,开出了鲜花。"

如果是江美,即便未来遇到任何难关,她一定都能面带微笑,坚强克服。

我和圆紫大师彼此对视,一切已无须多言。

我将那枚签名板仔细收好,谢道:"非常感谢您,百忙之中还为我签名作画。"

"哪里哪里。"

圆紫大师一边说着,一边扭头看向窗外,随后,他轻声叹道:

"啊呀,雨已经停了。"

夜 蝉

1

"怎么回事啊!为什么总在说些莫名其妙的话!都说了不行就是不行!"

耳里传来奔跑过来的孩子的脚步声,紧随其后的是尖声呼喊。

那小孩应该是隔壁家的阿跚。当然,阿跚并不是他的本名。此前我一直觉得他还是小宝宝,却发现不知何时他已经在蹒跚学步。见到这一幕,我就擅自给他取了个昵称叫阿跚。

现在阿跚又大了一圈,已经能疯跑起来了。

我刚洗好澡,穿着睡衣,踩上拖鞋,一边赶着蚊子一边在黑漆漆的院子里乘凉。

孩童的脚步声和大人的斥责声在家门口停住了。紧接着,宝宝"哇"地大哭了起来。

"啊,真是对不起。"

我走到大门边查看情况,正遇到隔壁小町家的太太,也就是阿姗的妈妈站在门口,见我过来,她忙低头道歉。

她脸上疲态尽显,我想并非夜色太深所致。

"情况还好吗?"

家里并非没有空调,但是只有一个房间有。如果开了空调,中途要去趟厨房,会瞬间走进闷热的环境里,这样反倒更痛苦。所以我会一直坚持到不开空调实在忍受不了的程度再说。

不过,灼热的暑气的确令人气力萎靡。所以我今天也是在一楼(二楼实在太热了,真的耐不住)待着,穿了一身随意到没法让外人看的睡衣,一整天瘫着读书,困了就打个瞌睡,睡醒了再读书。

所以,到了傍晚时分我才知道,小町家的奶奶下午被送去住院了。

小町太太回答我:"还好,谢谢你关心。"

随后,她一把抓紧了阿姗的肩膀。我出现在门口的时候,阿姗倒是不再继续乱吵乱闹了,但他还是低着头一直晃悠肩膀。

母子两人的身影洒在干燥的柏油路上,被路灯拉得很长。

"托您的福,医生说应该没什么大碍。但是以防万一,还是准备做一个精密检查。"

"真是辛苦了。"

"估计是不需要做手术,服药就可以。所以我们也算松了口气。"

我家的门是对开式的铁门。以前用的是木门，其实那木门还蛮结实的。但我读高中的时候，木门的底端腐朽了，所以我家就按照"便宜好安装"的标准，选了现在这扇门。

门的高度大概到我肩膀附近，我能清楚地看到阿珊的模样，他一脸的不开心不乐意。

我大概想象得到原因是什么。

虽然暑气正盛，但不时能听到乘着凉风飘来的太鼓声。今天市里举办了夏日庆典。稍早些时候还能看到身穿浴衣的女孩子们向着主街走去的身影。

我稍微向前探出点身子说："要听妈妈的话哦。"

阿珊噘成章鱼嘴，甚至不肯转过头看向我这边。

"可是，妈妈是大骗子！"

"别乱说！"

小町太太的胳膊好似那种细长颈的橄榄油瓶，晃着孩子的肩膀。

"可是，你明明说了过会儿就去的。"阿珊冲着主街的方向大声说。

"我有什么办法！"

母亲的声音也抬高了八度。我询问，或者说，我确认道："是说庆典活动吗？"

"是啊，可现在哪有工夫去，我们才在外头吃了点东西，总算回来了，家里浴缸没擦，厨房也没收拾……"

附近的小朋友们都已经走了,而阿珊又没到能自己跑去人堆里玩儿的年纪。

"那个……"

这是我打从出生起,第一次主动邀请男生。眼前的阿珊以为又要挨批评,依然闷闷不乐地站在原地。

"要不要和姐姐一起去?"

那张不开心的小脸猛地转向我。看得见他那上挑的眉毛凛然威严,不错嘛,是我喜欢的类型。

"哎呀,这怎么好意思,太麻烦你了……"

"没关系的。"

我们就这么互相客套了几句,最后阿珊兴奋地喊了声"要去!"

最终我们商量好了晚上九点前带他回来。就这样,我负责照顾起了这位魔法会提早失效的"灰姑娘"。

我又大致梳了梳头发,穿了条格纹短裤,套了件T恤衫,推着车走出家门。现在已经晚上八点了,我准备先骑一段路,骑到人多的地方再下来走几步。

"坐好了吗?"

我冲背后搭话。不知为何,阿珊坐得很不稳当,扭来扭去的。

"怎么啦?"

"屁股……硌得疼。"

"你忍忍嘛,男子汉。"

"你好像我妈一样。"

"是吗?"

我轻描淡写地回道。阿跚还没放弃,坚持道:

"垫个垫子嘛。"

"别这么软弱啦!"

"啥意思?"

"就是让你加油!"

我踩下脚蹬。

"你抓好我。"

于是,阿跚的手从背后伸过来,但位置略有些靠上,我"呀!"地喊了一声。

"你要抓这边,这样。"

我用左手比画合适的位置给他看。可阿跚还是在我侧腹找了找,说:

"捏不到肉啊。"

怎么能让你捏到肉!我心里嘀咕。随后又想:小町太太的腰上可能是会捏到肉的吧。她看上去那么瘦削,腰上都会有肉的话……想到这儿,我开始担忧起了自己的以后。

"抓我的衣服,抓衣服!"

我费了一番力气,总算让阿跚听从了我的指示。自行车出发了。夜风吹拂过面颊,身体,真是爽快。

直行了一会儿后,我向右一拐。这条黑漆漆的小道因为路面的铺装，有好几处不平。每次自行车上下一颠，阿珊就要在我身后大嚷："好疼！"

车骑进了大路，只见道路两旁都整齐地挂着写有"城市观光协会"几个字的红色灯笼。"观光协会"几个字看上去过分威严，有点怪异。

交通管制的地段还在更靠前的位置，自行车也让骑。我一边观察着路况，一边踩着脚蹬。

"谢谢……"

看到大灯笼，庆典的实感涌来，这个有几分英气的小朋友开始对我道谢。

"谢什么啊？"

"谢谢你带我来庆典。"

"别客气，姐姐也想来看看的。"

就这样，我们和那些拉家带口的游客，还有小鸟一样叽喳笑闹的小孩子们向着同一个方向前进。我也逐渐打从心底里想去庆典看看了。趁着庆典的高兴劲儿，我忍不住恶作剧般地加了一句："不过呢，你作为男孩子，如果庆典上出现了坏人，可要记得保护姐姐哟。"

结果阿珊不吱声了。

哎呀，他该不会是觉得这项任务太过艰巨了？也不能真让小朋友这么苦恼啊。为了打破沉默，我搬出常规套路："你几岁啦。"

"五岁。"

"是吗？"

"姐姐几岁了？"

我随口乱诌："十五。"

"哦。"

啊，他怎么相信了？可我不能骗小朋友的呀。

"其实，我已经二十岁啦。"

于是阿珊有些疑惑地问我："姐姐，你这么不会算数的吗？"

"嗯……"

车骑到了红绿灯前。从这儿再往前汽车就禁止通行了。周围还站着好几个巡警。信号灯是黄色的。"冲冲冲！"我骑着车赶过了信号。本以为可能会被人喊住，结果根本没人注意到我们。

行人明显多了不少，我感觉自己此刻简直就像走在银座的步行者天国一样。

拐过弯，又向前骑了一段路后，我将自行车停在了已经关门的超市门口，上好了锁。这个地方不会碍到行人，而且我也算是这一家的常客，真有什么不妥店家应该也会原谅我吧，我擅自这么想。

一返回喧嚣的庆典，神舆就来了。

我把阿珊拉到边上一户人家的房檐下面，眺望着跃动的人群。好多年没有看到这一幕了。好似咒语般的吆喝声不断重复，神舆上上下下地跳动，时而前进，时而后退。

扛神舆的男性赤裸着上半身，晃动的黝黑后背上沁出大颗晶莹的汗珠。神舆金色的屋顶上雕刻着腾飞的凤凰，线条流畅。那羽翼仿佛和着节奏在不断抖动。

和过去相比，扛神舆的队伍似乎多了些年轻男性。不过我立刻明白了原因。那是因为在我很爱来看庆典的年纪，我眼中的大叔如今再看其实还挺年轻的。眼中的事物有了变化，其实是因为我自己变了。也就是说，标准全在我自己，是我的年龄增长了。

——嘿哟，嘿哟。

人们激烈而又陶醉地喊着号子，场面沸腾。

记得吉村昭[1]似乎说过，这里的号子声原本应该是"哇咻欻"，最近却变成了"嘿哟"或"嘿呀"。听上去莫名其妙，令人感到十分遗憾。他还强调，喊号子是关乎庆典本质的重大问题。

我倒是打从记事起，听到的就一直是"嘿哟"。

显然，"嘿哟"更加活泼，节奏也更快。如今建筑物密集，又有了随身听。一边欣赏风景，一边闲适散步的休息时间已经逐渐消失了。所以拍子只能变快，否则就赶不上时代发展了吧。

我还曾读到一则新闻，说那曲经典的《命运交响曲》，演奏时间也有逐渐缩短的倾向，这又该如何评

---

[1]　日本小说家，其作品多以历史为主题。

价呢?

不过,唯有一件事错不了。那就是:一边看着神舆路过,一边在脑子里琢磨吆喝节奏的人,应该只有我。

只见那神舆一边抖动着,一边好似雷霆大怒一般向我袭来。阿珊躲到了我身后,一把抱住了我的腰。

抬神舆的队伍之中也有女性。

只见一双白腿突然闪进视野之中,但神舆方向一转就看不到了。她是光着脚的,虽然路是修好的柏油路,但免不了会出现小石子一类的东西吧?万一有玻璃碴怎么办?我在心里祈祷她千万别踩到。

"姐姐,你不扛吗?"

阿珊一边从我背后走出来,一边抛出这么一个单纯的疑问。

"我?我还不行呢,再多点力气才扛得了。"

我牵着他的手向前走,阿珊仰头看向我问:"你讨厌扛这个东西吗?"

"不讨厌呀。"

我的确不讨厌,而且也不该讨厌。我自我反省过,这不是"神舆"的问题,而是生活方式的问题。

我们好似在人海中游泳一般前进着。突然,我发现地上有一个小小的东西闪了一下。那是罐装果汁的金属拉环。它像被火烧过一样反弓着。那切口说不定会成为某种锐利的刀具。

我抓紧了阿姗的手,弯下腰把那个拉环捡了起来,塞进了短裤兜里。

2

庆典途中,我还遇到了附近一所中学的两个后辈,打了招呼。她们俩关系一向很好。

"是学姐的小孩吗?"

两人异口同声地问,又同时放声大笑起来。她们俩明明在读高三,但毫不在意时间紧迫,一副十分从容的样子。

说不定分开之后,她们谈到我时会评价一句"前辈还真是一点没变"呢。

阿姗认真遵守妈妈的命令"不在小摊上买任何东西",就只透过人群的缝隙看看热闹。

捞金鱼、巧克力香蕉、假面具、钓气球,还有那种像沙画一样,可以自己用染了色的砂糖粒画画的仙贝、绳子连着奖品的抽签游戏、黄油烤土豆……

其实为以防万一,小町太太给了阿姗一个小钱包,里面装了些零钱。不过那钱似乎也一分没动。我当然是有心想给他买点什么的,结果一打听才知道一只大气球要卖八百日元,顿时泄了气。

最终,我们进了一家普通商店,买了酸奶饮料。

我问他"想喝哪种？"阿跚回答：原味的。他并没有用什么"白色的"一类的可爱词汇。

"那姐姐选个粉色好了。"

其实就是草莓味。

我们坐在店外摆设的凉台上，叼着吸管，众人扛着神舆的壮观场面不时从眼前掠过。突然，我发现阿跚正一脸认真地盯着我的侧脸看。

"怎么了？"

阿跚说："姐姐，你是个美女耶。"

人，就是在发现中成长的。

"哦，看得出？"

"嗯。"

"谢谢啦，你也很帅哦。"

看来我们很投脾气。

快到九点了，我们离开庆典现场走到了之前停车的地方，我载着他回家。

车骑到有巡警站着的地方，我又开始想些有的没的。明明之前警察没注意我们，可现在我忍不住问自己：等等，载人从几岁开始算违反规定来着？

总之，停也是不能停的，我一咬牙就骑了过去。可能是我表现得太慌了，巡警还是点了我，只不过是之前从来没人提的——车要亮灯。我的车灯没亮。可是，当我尝试点灯却又点不亮了。我那个亮灯的装置不知何时坏掉了。关键时刻掉了链子，我才知道自己此前竟一直没察觉，看来我这个人也挺糊涂的。

车转入黑漆漆的小路，穿过一户户家宅，总算能看到那条被两片停车场夹在中间的回家路了。明明是在同一片区域，有的地方正在举办喧嚣的庆典，而这里，却仿佛被所有人遗忘了一般安静。

路灯静静矗立道旁，青白色的光洒下一个圆锥形的光影。正在这时，一个女人背对着热闹的庆典人群，从车站方向走了过来，走到了那一束聚光灯下。

她穿了一条海蓝宝色的清凉连衣裙，搭配一条颜色跳脱、造型大胆的项链，出色地平衡了衣着搭配。倘若硬要挑出点毛病，那只能说是过于天衣无缝，完美无缺了吧。

那是我姐姐。

我放慢了蹬车的速度，最终停下了车。

"怎么啦？"

我并未提醒，可阿姗的声音不自觉地压低了。

"没事，只不过……得稍等等。"

我小声说。

姐姐眼睛很大，睫毛很长，是漂亮的双眼皮。我则是个单眼皮。我俩眼睛的唯一共同之处就是裸眼都有1.2的好视力。不过，眼下姐姐在明处，我在暗处。她仿佛明亮舞台上的演员，而我是坐在黑暗观众席上的客人。她不可能注意到我正躲在死角观察她。不，别说是我。周围甚至连个人影都没有。

当然，她若是想起了什么于是忍不住发笑倒也罢了，否则独处时面露羞涩娇嗔之态反倒也奇怪。然而，当时姐姐脸上的表情我从未见过。她的脸黯淡无光，好似死寂的黑夜。

3

小町奶奶所幸没有大碍，听说八月中旬就能出院。

不过，我倒是拿到了一张邻市百货商店最近在放映的迪士尼电影券。这张券倒也不是专门为感谢我带了阿姗去庆典玩儿的礼物，而是因为小町奶奶去不了了，所以正好送给了我。

反正我现在放暑假，有的是时间，考虑到还能兼顾避暑，于是我挑了个当天估计会格外炎热的上午出了门，看电影前再顺路去趟市立图书馆，过一天凉快日子。

走进百货商店七楼的那间电影院时已是下午。上映中的电影有新片，也有一些短片，我看《小姐与流浪汉》这部也在上映。

电影院里冷气开得很足，但我早就做好了要在空调房待一天的打算，所以并未掉以轻心。一感受到冷气，我急忙把长袖外套掏出来穿上了，温度刚刚好。

观众席罕见地坐满了人（尤记得我当年穿着那身蓝色高中制服坐在这间电影院时，看的是安东尼奥·加德斯的《卡门》，那电影看得我如痴如醉。当时观众席没多少人，空得恰到好处）。虽然并非休息日，可孩子放暑假了，当然会来看电影。小朋友一不耐烦起来就摇晃座位，而且即便电影正在放映，他们也会在通道上跑来跑去。

说起来，我其实很不喜欢《小姐与流浪汉》这部电影。

我小时候一直觉得这部电影特别讨厌。尤其是查普，明明不知道其他流浪狗的下落（估计是被杀了），最后还一脸高兴地主动被套上项圈，它那副样子我实在是忍不了。

还有，每每看到好人（狗）被误会，遭到冤枉的内容，我就忍不住心想：啊，好讨厌这种桥段！而且这种情况还会反复出现，简直不能忍！一些电视连续剧里有时也会搞出这种令人烦躁的情节，我对此深恶痛绝，恨不得对电视里的人大喊一声："不对，你们搞错了啊！"更可恶的是，我还会不自觉地被这种憋屈的感受牵着鼻子走，为了等到冤屈昭雪，会一直看到最后问题得到解决才罢休。

因为早就看过这部作品，所以这次再看，我对它的评价依然毫无变化。但出乎意料的是，在看到查普去救淑女的那一场时，我不知为何感觉心中一热。

傍晚回家后,我把母亲让我买的酱油米饼递给她,她又问我对这部电影的感想。我想起来,小时候带我去看《小姐与流浪汉》的正是母亲。

不过,我实在说不出自己看到查普救了淑女那一幕时心口一热的感受。于是便回答:"电影里不是出现了'流浪汉'这个词吗?我的脑子里第一个冒出来的词是'破落户'。"

"啊?你在说什么啊?"

母亲把米饼放在盘子里,我在一边倒茶。

"破坏的'破',落下的'落',门户的'户'。破落户。"

茶叶泡太久了,茶水很浓,但正合我口味。我很爱在酷暑天气喝热茶。

母亲拿起一枚米饼说:"之前我就在想,你呀,和你龙磨叔父越来越像了呢。"

"汉语师龙磨。"

这称号听上去复古得很,但叔父其实勉强才过四十岁,是父亲的弟弟。

"要叫龙磨叔父。"

"有什么啦,我可是充满亲情地喊他'汉语师龙磨'呢。称呼伟人的时候,不用敬语才是最大的尊敬。谁会称呼紫式部为紫式部女士?也没人喊肖邦是肖邦先生吧?"

"汉语师龙磨",这是我们家族的人对叔父的通称。我是读小学的时候第一次听到这个称呼的。

"而且我特别喜欢这个说法,'汉语师'听上去很像'魔法师'不是吗?"

这个外号,拥有这个外号的叔父本人和我都很喜欢。我从小就内向怕生,但唯独愿意让龙磨叔父扛在肩膀上。

当然,这位"汉语师"并不会骑飞天扫帚。他往往是出人意料地出现在大门口,然后就仿佛一台堆载过量的卡车稀里哗啦抖下一堆沙土似的,吐出一堆难懂的词汇,再匆匆地走掉。非常符合他的这个外号。他的眼神很像父亲,十分温柔。

前阵子龙磨叔父最被大家津津乐道的一件事,就是在贺年卡的一打头写了"金鸡三唱"四个字。倘若拿落语打比方,总会让人想起那个"垂乳根"[2]的故事,所以他就是"垂乳根叔父"了吧。

以上,恐惶谨言。

"不过,叔父的遣词用句真的很难,我还没到那个程度啦。"

"你还不如干脆说点超级难的算了。"

母亲大人的点评果然尖锐。

---

[2] 垂乳根原意是指母亲,此处是指落语段子之一,讲的是单身汉八五郎经由媒人牵线,迎娶了一位姑娘为妻,结果妻子谈吐过于文绉绉,八五郎听得云里雾里,两人对话驴唇不对马嘴的故事。后文的"恐惶谨言",也是该落语曲目中八五郎妻子的台词。

可是,提到和叔父越来越像,我不由得开始思考起平时很少会想到的"血缘"关系。

我尚未谋面的孩子,也一定和我,和我那尚未谋面的丈夫(我对丈夫这个词倒是没什么抗拒心理。说到这儿我感觉自己用词都变得温柔起来,连我自己都觉得这变化挺有趣的。或许,语言的魅力就在于能够温暖人心吧)非常相似才对。

4

接下来的这个星期天,我本以为姐姐还在悠闲地睡懒觉,没想到她一起床就急匆匆洗了个澡,这洗澡时间也是早不早晚不晚的。只见她随意扒拉了几口饭,就跑去打扮了。

女性化妆时间太长这件事总会被当成笑柄,但我姐姐算是手快的那种。她能在最短时间内达到最好的效果。

我虽然没有仔仔细细地盯着她看过,但我知道姐姐的手在脸上描画时动作干脆利落,而且绝不磨蹭,一切都是那么流畅自然。

不过,她装扮自己的方式又并非千篇一律。姐姐会提前在头脑中制订一个全身"完成图",把一切都安排得井然有序。就连衣服、鞋子、包包这些搭配也会被她考虑进去，并相应地对自己的妆容做出调整改变。堪称是在创作艺术。

举个身边的例子来讲吧。其实，把人脸印在千元万元纸钞上的做法相当妙。因为哪怕是极微小的不同，人们也会立即察觉"咦？怎么和看惯的那张脸不太一样？"如果纸币上印的是个狮子的头，那造假币的人会顿时轻松不少。

也就是说，人的面部只要稍作调整，就会给人留下完全不同的印象。

姐姐今天穿了一身珍珠白色的套装。衣服用的是接近黑色的深灰纽扣，还雕刻得非常精致时髦，颇有点睛之妙。她耳朵上戴了珍珠耳钉，鞋子也是白色的，还选择了一只同色包包，搭配金色的五金件，明亮耀眼。

姐姐为这身衣服画了一个绝配妆容。只见她口红和眉形都选了浓墨重彩的风格，就那么威风凛凛地出了家门。

剩下她妹妹我，穿得无法评价。客气点说，就是一身极端清凉的搭配，在酷暑之中苟延残喘。

洗浴缸的时候，我干脆把心一横，直接脱光跳进这个简易游泳池里。泡了会儿澡，流了会儿汗，我直接坐在浴缸里打开了排水塞。

当然，这种时候总免不了坐着伸脚或者伸手去感受水被排水口吸走时的流动状态。虽然只有一小缸的水，但是水流的势头还是把我的脚心吸到了排水口上。我奋力一挣才把脚挪开，于是水流便从旁边流进了细小的洞口。

从胸口到肚子，水位不停下降。很快就在我盘起的腿前卷起了一个可爱的小漩涡。看着这个水漩，它虽然很小巧，但是和动画里或者《绿野仙踪》中的龙卷风相当神似。

最后，伴随着"吱扭"一声，龙卷"同学"消失了。我拧开水龙头洗了起来。直接从水龙头里流出的水和剩下的洗澡水可不一样，还是蛮凉的。我感觉被凉水冲得浑身一紧。

洗完浴缸之后，我暂时只穿了一条干净内裤，尽量没有擦去身上的水。这样做是为了利用蒸发原理带走体表的热度，可是转眼间身上的水珠就被蒸发干净了。

很快，汗水开始逐渐从胸口冒出来，我实在忍不下去，终于在今夏第一次打开了冷气。

阳光耀眼地洒在后院，好似闪闪发光的油滴。我走进后院，把盖在空调室外机上的蓝色罩子拿了下来。只要我不拿，我们家谁都不会拿。第一个想"拿掉罩子"的人就算输了。我自己也不喜欢空调吹出的那种很不自然的冷风，可是人都有迫不得已的时候。

我端着热茶和米饼，还有几本书，兴致勃勃地一边想着"好嘞！读起来！"一边走进了开着空调的那个房间。今年夏天欧仁·苏和内瓦尔的作品都重印了,此外我还攒了几本文库本没读。不狠一狠心恐怕很难读完。

房间凉爽了,母亲拿着一张便笺纸走进屋。

"哎呀,这么凉快,甚至有点冷了。"

"刚走进空调房里的时候都是这样的。"

"是,不过走出空调房时的感觉很不舒服,一下子就被热气包围了。"

"嗯。"

"一想着出去会难受,那就连进空调房都嫌烦了。"

母亲一边说着,一边在便笺上写了些什么。

"吃不吃带鱼子的鲽鱼?"

"吃。"

"牛奶也没了,得加上牛奶。"

"夏天牛奶消耗得好快。"

"不都是你在喝吗?"

"怎么啦,多健康啊。"

"南瓜,买一半。"

母亲一边对我说,一边记录着。这是拿来做什么的便笺,一目了然。

"我过两个小时再去买啦,傍晚也来得及对吧?"

早早把我赶出空调乐园也太残忍了。正在我们俩讨价还价的时候,父亲穿着一身运动服探头看了看屋里，然后转身去拿了件衬衫和书本，也钻进了屋。这房间简直像冬天的暖炉一样。

我起身去厨房，一走出空调屋，整个人瞬间就被热气包裹住了。的确，难以忍受。

我找了个大茶杯，倒了一杯热气腾腾的茶，回到房间端给父亲。

"哦，谢啦。"

父亲说。

"茶水烫，小心点。"

随后，我们一家人好似水族馆的鱼一样，度过了一个下午。

其间母亲不时会聊起一两句闲话。

我没头没尾地对父亲说了句：

"米饼，挺香的。"

5

姐姐很晚才回家。

也不知父母睡了没有，不过他们确实都回屋了。我待在二楼，铺好了床铺，穿了一身淡蓝色的睡衣，瘫在床上读着《江湖怪谈集》。

这时，我听到外面开门的声音，然后是给门上锁的声音。姐姐从玄关走进家里，和父母说了几句话，然后走到楼梯这边喊我:"睡了吗?"

真少见啊,不,是从没见她这样过啊。

"嗯,准备睡了。"

我一慌,如此回答。我撒了谎。

姐姐没作声,然后我就听到她的脚步声渐渐远了。

我顿时难过了起来,自己刚刚为什么要那么说啊?

窗户上装了纱网,然而风还是像死了一样,一丝都没有。在这样一个把脑子热成糨糊的暑热之夜,我的紧张更是难以消解。

这么下去反正也睡不着,我下定决心,下楼去了。

姐姐正在浴室泡澡发汗。

打开冰箱,我发现里面摆着一大听罐装啤酒。我拿出大麦茶倒进玻璃杯里,坐在厨房的椅子上有一搭没一搭地读起了晚报。

很快,姐姐就从门旁探头出来张望。

"哎呀,你没睡?"

她胸口围着印花的浴巾,濡湿的长发贴在雪白的双肩上。那张脸现出红晕,美得摄人心魄。我简直产生了一种被美人鱼盯着看的感觉。

"嗯,有点那个。"

我含糊地给出一个毫无意义的回答,姐姐轻笑了一声，我顿时感觉耳根发烫。

"把蚊香点上吧。"

很快，姐姐就穿着一身竖条纹模样的睡衣，单手举着刚刚我在冰箱里见过的啤酒罐走进了厨房。

"啤酒。"

她说罢，开始擦干头发。显然，说这话的意思是让我倒酒。

"回家的时候就喝过酒了吧。"

姐姐脸颊的红晕显然不单纯是泡澡所致。

"怎么，要说教？"

姐姐反倒乐呵呵地反问我。我默默拿出杯子，把啤酒倒了进去。姐姐用眼神示意"你也喝"，于是我在另一个杯中也倒了酒。

"干杯。"

姐姐一把掠走酒杯，和我手中的杯子一碰，"喀"地碰了个杯，随后一饮而尽。在这种场合之下，做出这种动作明明十分自然，可是，她嘴巴碰到杯子时猛地闭紧双眼，喝光杯中啤酒之后再大大睁开眼——不知为何，这一套动作总给我感觉很刻意。

姐姐好像不是因为想喝酒所以才喝的，她是为了展示给别人看，所以才喝的。但她又并非要展示给我看。那么，她或许只是想展示给她自己看吧。

"好热。"

姐姐笑靥如花，拈起啤酒罐又给自己的杯子倒满。听到这句话,我感觉自己身上也冒了一层汗。姐姐把那一大杯啤酒摆到桌上,开始吹干头发。我手里的啤酒喝下去了一半,玻璃杯的表面渗出了冰凉的水珠,我一会儿用它贴贴额头,一会儿用它贴贴脸。

好舒服。

"今天开了空调。"

姐姐照着镜子回答。

"是吗?"

她杯子里的酒沫子汩汩涌了出来,正好把一只落在桌面的蚊子四脚朝天地淹在里头。只见蚊子那几条细小得好似胎毛一样的脚在不安地抖动。

我好似要掩盖这一幕般地用纸巾抹走了那只蚊子,又把纸巾扔了。

姐姐转过头,放下了手里的吹风机。她伸出双手抚着长发,看向我这边。

"留长了欸。"

我点了点头,她是说我的头发。也是因为天太热了,所以我的头发留不到肩膀长度,而是齐齐剪到了后脖颈的位置。不过长度还是和去年大不一样,去年我那发型简直就像在野地里疯跑的男孩子一样。现在总算留长了一些,有些女人味儿了。

姐姐靠近我,连带我坐着的椅子一起向着盥洗台的方向推去。只听喀当一声,因为我坐的是个小圆凳,所以后背碰到了盥洗台。

她的动作有些粗暴，我感觉得到她醉了。

"倒也行，与其留太长，不如就现在这样蛮好。"

她看着我，好似欣赏一幅画。

我也看着她。

姐姐的眉形温婉，形状姣好。我的眉毛则黑且浓，像男人的眉毛。姐姐是双眼皮，而且长了一双湿漉漉的黑瞳。睫毛又长又浓密，简直像后接种的一样。我则随父亲，长的是单眼皮。

"别这么看着我。"

我有点耐不住，扭开了脸。

"有什么嘛！"

姐姐伸手捧住我的脸颊，硬把我的脸又掰了回来。她的视线在我脸上不断扫射，似乎在想象给我脸上涂脂抹粉的样子。

客厅的钟响了一声，不知道是十二点半了还是一点了。

姐姐凑到我耳边，把她的秘密计划讲给了我。她声音很小，但很清楚。

"喂，涂一涂口红吧？"

"不用啦。"

我又不是洋娃娃。

"干吗这么说？"

姐姐那泛着红晕的脸上露出一个微笑。

"我还用不到呢。"

"已经不是用不到的年纪了吧？涂上之后变化会很大的。"

姐姐伸出胳膊，拧开了我身后的水龙头。细长的水流淌了出来。那洁白的手臂从我身旁经过，出现在我面前。

她无名指的指尖被水打湿了。我一惊，下一个瞬间，那手指触碰到了我的嘴唇。我仿佛被鬼压床了似的一动不能动，后背死死抵着盥洗台，皱起眉闭上了眼。

后脑传来淅淅沥沥的水声。

姐姐的手指再次蘸了些水，将透明的口红轻抹在我的嘴唇上。

"大致，就是这种感觉……"

听到姐姐这么说，我睁开了眼。只见姐姐冲了冲手，一边用擦手巾擦拭手指，一边语气轻松地对我说：

"好奇怪的孩子，看你那表情，好像我刚刚给你动了个手术似的。"

"你这简直就是……"

我心里暗暗想：

"你这简直就是侵犯了我欸。"

当然，这句话我是不可能说出口的。

6

姐姐又举起了酒杯。这点啤酒还不至于让她喝醉,但她回家之前喝的那些酒似乎开始起了劲,眼看着她的神色逐渐放空了起来。

家门前的路上有个喝醉的男人,正一边扯着嗓子高声唱着什么流行歌曲,一边走过去。与其说是在唱,不如说是在怒吼。

突然,姐姐用一种天真烂漫的嗓音高喊:"唱得太难听了!"

我大惊失色,脑子里顿时冒出一个杂志标题《酷暑之夜的惨剧!暴怒醉汉残杀美人姐妹》(我竟然还能想到"美人"俩字,显然还算冷静),可见姐姐那一声吐槽有多高的音量。

桌子上摆着一个药局赠送的熊猫头形状的小团扇。姐姐胡乱解开睡衣,一口气解到了第三枚纽扣,然后抓起团扇对着雪白的前胸扇起了风。

然而,外面的醉汉依然兴致勃勃地高唱着。歌声忽左忽右,渐渐远去。

姐姐用手指灵巧地夹着团扇,啪嗒啪嗒地拍起巴掌。

"别这样啦。"

"为什么?"

"人家要骂的。你个醉鬼听得懂我的歌喉吗?一类的。"

姐姐愣住了,然后笑了。她笑了,笑得趴在桌上直抖肩膀。可是,笑声停下来之后,她依然维持着那个姿势。

我不知该如何是好,只得静静等待。时间好似水银一般,迈着沉重的步子,点滴流逝。

突然,姐姐好像突然垮掉了,她从椅子上滑了下来,蹲到了我面前的铺板上。随后,她仿佛呻吟般低声说:"对不起。"

"欸?"

姐姐肩膀和我的膝盖持平,在我们两人之间的地面上,蚊香的烟正悠然飘动着。

"我,我喝醉了。"

我以为姐姐是在为自己的酒后失态道歉,可是,总感觉有点不对劲。

"……"

"因为醉了,所以我要对你说,对不起。那个……当年的拖鞋,我很抱歉。"

我马上就反应过来姐姐在说什么了。惊讶和悲伤顿时令我血液倒流。事到如今,她还记得那件事吗?

姐姐伸手捂住脸,低头对着地板。荧光灯照在她身上,在她身下又勾勒出了另一个姐姐。

"还有其他的事,很多我都记得——但是,其中印象最深的就是那双拖鞋,不知道为什么,我一直都没忘记。那年冬天我读小学三年级,你四岁。妈妈给你买了一双超级可爱的绒毛拖鞋,红色的。我和往常一样,见你有了,就扯着脖子嚷嚷,大吵大闹着也要一双。"

是的。最后姐姐一把拉开门,把穿着那红拖鞋走在廊下的我猛地推到了地上。虽然我才四岁,但也明白她是故意的。我摔在地上,摔得很疼。冬天的地板很冷很冷。

"结果,第二天妈妈就带我去了卖拖鞋的地方,因为没法把你一个人留在家里,所以当时也带你一起去了。妈妈说鞋码很多,让我买双大一点的。当我们两人站在那个柜台前,我就看到你脸色变了。因为鞋子有三种颜色,蓝色、红色,还有那种淡雅的粉色。"

没错,我的拖鞋已经被买好了。我没有理由要求再买一双。

我束手无策,捏紧了拳头。我没法选择了,我的权利已经被剥夺了。这件事令我感到极度的悲伤难过。那堆积成山的拖鞋在我眼中变得模糊,我的泪水夺眶而出。

"其实,我一直都很明白你的想法。你很讨厌红色的对吧?虽然你一直都会乖乖地穿我的旧衣服。"

其实,她不说我也知道,就是因为她对我的想法了如指掌,所以当时她才会做出那样的选择。

她故意选了粉色的拖鞋。

我轻轻地脱口而出:"说真的,我到现在都还会怕。"

"怕我吗？"

"嗯。"

"你会怕我，也是没办法的事啦……是我自作自受啊。"

"才没有……因为，因为你温柔待我的时候更多啊。"

姐姐抬起脸，露出十分怀念的表情。

"从那起拖鞋事件算起，第二个夏天，我就改过自新了。"

我们俩望着彼此的脸，忍不住同时"扑哧"一声笑了出来。确实，从某一段时期起，姐姐就再也不会欺负我一分一毫了，不仅如此，她甚至还或多或少地开始关照起我了。

"我太胆小了，所以，都是我不好。"

听我这样说，姐姐站起了身，双手又捂在脸上过了一会儿，最后在椅子上坐好，对我说："我也是趁着酒劲儿才会对你说的，你要听好哦。反正一辈子也就这么一次了，到了明天我大概也不记得今天都发生了什么，所以我才能说出口的。"

随后，她缓缓吐出一句话：

"你以为爸爸的爱都被我抢走了对吧，其实根本不是那样的。"

7

我屏住了呼吸。

"要说到抢或被抢这件事呢,其实我在你出生的时候,有一种全世界都被你抢走了的感觉。我花了五年才知道事实并非如此,不过那五年间,我其实经常挨爸爸打。"

我感到难以置信,甚至无法想象父亲伸手打姐姐的样子。我脑海里的父亲永远都是眼神温柔且包容地望着姐姐。用那双与我相似的眼睛,凝望着姐姐。

"无论他怎么揍我,我都坚持反抗。有一天,我挨打的时候突然产生了一种奇怪的感受,我觉得心底仿佛开了个窟窿一样。我似乎从一个更高的视角,在俯视着挨打的自己。于是我越想越好笑,越想越好笑,终于我放声大笑,笑得停都停不下来。从那天起,爸爸就尽量盯着我,那不是因为他觉得我比你可爱,而是因为与你相比,我的精神更不稳定。"

姐姐的视线在半空中游离。

"我大致知道你怎么看我。你觉得我开朗热情,不拘小节。其实啊,我小时候的性格和这些是完全相反的,你想象得出来吗?"

我没想过,也不可能会想这种事。因为我总觉得姐姐从我小时候起就一直是现在的样子。

"不过,从某一天开始,我下决心改变。正好就是我不再欺负你的那个时期。我尽量让自己变得心直口快一些，不要再思虑过多。在学校也一样，我开始尝试很多事，连干部竞选都不再逃避了——其实，这样很累。"

姐姐轻笑了一声，继续道：

"对颜色的喜好也是，正常来讲，我从当时起就开始喜欢中间色了。小时候其实没什么自主选择的机会，大多是爸妈帮选嘛。女孩子一般都会给买红色，我五官比较醒目一点，也的确适合鲜艳些的颜色。所以，我就告诉自己：我喜欢显眼的颜色。就像刚才说的那个拖鞋，要是没有你，让我自己选，我肯定也会选红色吧。不过，那与其说是一种主动选择，不如说是一种'习惯'使然。"

睡衣被汗沁得贴在了身上，我对着自己的胸口挥手，想扇起点风。

姐姐继续道：

"但是啊，当我意识到自己其实并不喜欢鲜艳的颜色时，我已经坚信只有鲜艳的颜色才能让我更加出彩了。既然如此，像我这么固执的性格肯定会努力贯彻到底。咱们是亲姐妹，我想这方面我们很相似。你也挺固执的，对吧。"

我停顿了几秒，点了点头。姐姐望着我说：

"嗯，我们很像，像到令我厌恶的程度。你经常傻乎乎地在意别人，克制自己对吧？每次看你那个样子，我就烦躁得难以忍受，真恨不得放声大吼出来。"

"……我知道的。"

"其实，那也是因为我从你身上看到了我自己的本性，所以不愿面对。怎么说呢，那就是我的真面目吧。"

"嗯。"

"喂。"

"怎么啦？"

"有一件事，你要老实回答我。"

姐姐的表情非常严肃："我看上去像是很喜欢和不同男人交往吗？"

我吸气又呼气，反复了两三次，最终垂下眼帘："我不知道。"

姐姐弯起她仿佛弦月一般的唇角，无声地笑了。随后她从椅子上站起身，拧开水龙头洗起了脸。水花飞溅，在姐姐的脸周围跳跃起来。

我拿了条毛巾递给她。

"爸爸知道。"

姐姐隔着那条淡蓝色的毛巾说。我有一种突然被鞭子抽打到的感觉。

姐姐挂好了毛巾，微笑道："春天那会儿，你在银座见过的。"

那次碰面实属偶然。我当时在银座后街的小餐馆和朋友吃饭，正巧遇到姐姐和一个男人坐在一起。

"他就是三木先生，我们俩是从今年冬天开始交往的,他为人比外貌要好。"

"外貌也相当棒啊。"

个子高,五官挺拔清晰,我觉得很符合大家眼中的"好男人"形象。总之,他和姐姐在一起的时候,外貌也不会显得配不上姐姐,我觉得能做到这一点已经很难得了。

"是吗?但他的长相确实不是我喜欢的类型。"

姐姐的回答没有一丝羞赧,听上去是在说真心话。

"好奢侈。"

"不是的,我其实更喜欢大众脸。"

姐姐淡淡地说。

"那个人,是我的第一任一对一交往的对象。"

"第一任",这个说法是怎么回事?怎么听上去像是已经变成前任了似的?

"交了男友之后,我马上就告诉了爸爸。也和同期入职的一个关系不错的同事私下里讲过。我这个人其实特别保守,从不会考虑那种不以结婚为前提的交往。就是因为觉得早晚会结婚,所以我才会把这件事说出来的。当然,公司内恋爱的事情肯定要先瞒着,这是常识。所以我再没和其他人提过这件事。"

"嗯。"

"然后呢,就有传言说今年新入职的一个员工和三木先生关系不一般。女孩子们聚在茶水间里讨论的也都是这件事。有人说撞见他们拥抱在一起了，还有人说营业部的某某见到他们从酒店一起走出来了，一类的。总之，不负责任的流言满天飞。当然，我始终装作若无其事地听大家在聊着这些八卦。"

"确认过这些事吗？"

"大贯小姐也是……大贯小姐就是我刚才提到的那个关系不错的同期同事。她也是劝我去确认一下。因为以前听到过类似的谣言，九成九都是瞎说的。光凭这些就慌了神，未免太小孩子气了。但不问又不行。上周见面的时候，我就半开玩笑半当真地问了他，结果，我当时的问法……太差劲了。"

姐姐回忆起了当时的情况，捂住了嘴。

"差劲？可是，问他不是理所当然的吗？"

"不能像小孩子似的张口就来啊，我们互相也都有情绪。"

我沉默了。

"哎，我不该那么问的，我自己也知道不该那样的。可是，我又实在不知该如何是好。那感觉就像在盖一座沙子堆成的城堡，越动手崩得越厉害。我其至想干脆大哭一场，可是直到最后我都没能哭出来。"

姐姐自嘲道。

"是庆典那天吗？"

"欸？"

"上周日。"

"啊，是吗？那天是庆典吗？总之，从那之后的一个星期，一切全完了。"

"完了？"

"没错，撞鬼了。所以沙子堆成的城堡彻底消失了，就连最后一粒沙都无影无踪了。"

8

在让人喘不上气的高温之中，我频频眨眼，额头渗出的汗水打湿了头发，紧贴在额角。究竟冒出来了什么"鬼"啊？

"第二天，就是这周一。"

"上周一。"

姐姐一瞬露出莫名的表情，不过马上明白过来。

"啊，时间已经到第二天了是吧？没错，上周一。部长把接待客人用剩下的歌舞伎门票给了我，两张，周五晚上开演。当时我正好在填几位客户的收信地址。虽然现在寄信大都是直接贴签，但也有些客户需要手写。部长也是为了犒劳我，所以就把票给了我。于是，我近乎条件反射一般地把其中一张票放进了信封，写了三木的名字。毕竟前一天晚上刚刚聊崩了，当面给他有点不好意思，但是寄给他还是可以的。虽然这样等于利用公司资源，但我还是假装若无其事地贴好了邮票，和其他信件一起拿到了公司门口的邮筒那儿扔了进去。我并不是想省那几块钱的信封和邮票，只是想尽早采取行动。"

"我明白。"

"然后，就到了星期五晚上。我是中途进的剧场。因为本意并不是要看戏，所以并没太在意时间。我搭乘地铁过去，那剧场就在东银座附近。距离车站步行没几步就到了。"

也就是说，那个剧场是歌舞伎座。

"我一边确认着票面上的座位号，一边在过道上走着，等找到座位时，我被眼前的景象惊得说不出话。原本应该是他坐着的位置上坐了个女人。当然了，我一开始以为是座位号弄错了，于是一直走到了那个人边上，结果这才看清，那女人就是传闻中的新人社员。她留着个蘑菇头，一脸天真地坐在那个座位上。我简直连声音都发不出来。"

"这可真是，见鬼了……"

我咽了口唾沫。

"没错，简直就像一起都市怪谈。"

姐姐对这段回忆十分抵触，她一边摇着头一边说：

"我真的好悔恨，为什么偏偏要把票给她？就算是想指桑骂槐地恶心我，这做法也未免太过分了。我的火气猛地蹿上来，甚至都忘了自己是怎么走出去的，走到了哪儿。等反应过来的时候，人已经坐在家里了。于是我又有点恍惚，在剧场发生的那些事，我是真的经历了吗？"

"那个三木，是会这么做的人吗？"

"要能做出这种事来，也未免太离谱了。他完全可以选择沉默不赴约，要是真的下定决心拒绝我的邀请，直接把信寄回来就好了啊。"

"也对。"

我先是接受了姐姐的说法，然后又思考了一下，问她："是不是因为只在信封里放了票？因为没有任何说明，所以就，嗯，就是你忘了写自己名字，导致三木搞不明白究竟谁给的票，于是也没多想，就随便给了别人……"

"我就算再马虎，也不可能忘写名字的。我在印着公司名称的地方画了删除线，在旁边写了自己的名字。"

原来如此，那我猜想的那种可能性就消失了。而且仔细想来，就算不写名字，靠笔迹应该也能分辨出来的。姐姐写得一手好字，字迹端正秀丽，和我写出来的那种儿童体完全不同。可能就是因为她字写得好，所以上司才会委派她来填写客户地址吧。

"所以我第二天给他打了电话，说了想见一面。我希望能当面把事情说开，然后今天……哦，已经是昨天了。然后昨天我就出门了，等我走进了约好的那家咖啡馆,我发现三木和那个女孩竟然都在。太荒唐了,我转身就准备离开,结果他竟喊住我,反倒要我给他'解释清楚'。"

说到这儿,姐姐仿佛突然想起什么来,又去拿那罐啤酒,结果里面已经空了。只见那个倒置的圆罐口好半天才缓缓滴下来一滴啤酒。

"我问他有什么好解释的?结果他反倒把我想说的话抢先说出了口,他说'别欺负人家,耍别人玩儿有意思吗?'"

9

我听得简直气不打一处来。

这就和在沙漠里训斥别人"怎么还捞不到飞鱼啊?"一样离谱。

"为什么啊?他凭什么这么说你!"

"不可思议对吧?而且更让人生气了对吧?"

"嗯。"

"结果他说,那张票寄给了那个女孩,而且寄信人写的是三木的名字。"

"欸?"

我好像在看一张扭成一圈的纸。

"这是怎么回事?"

"我才想知道啊。"

的确。

"总之,就是那个女人……"

姐姐盯着手里的空杯子,提醒道:"叫泽井……"

"就是那个泽井,她以为是三木喊她出来看戏,所以就高高兴兴地去了?"

"对,结果竟然在剧场遇到了我,她吓了一跳,还以为我在试探她。"

"试探?"

"对,就是试探她会不会赴约,是不是真对三木有意思,她觉得这就是在考验她。"

"哦哦。"

道理倒是说得通。

"所以,她委屈得跑去找三木哭诉。三木也特别生气,觉得我做得太过分了。他还说,他决不允许我这样玩弄别人的情绪。于是,我就成了卑劣的坏东西。"

姐姐说完,定定地看着我,补充了一句:"可不许说我'好可怜'哦。"

"嗯。"

那双湿漉漉的黑色瞳孔仿佛要将我吸进去一样,无尽的幽深。

"我当时心里其实乱成了一团,但是没有表现出慌张。我当场告诉他:感到惊讶的应该是我才对。我说清了来龙去脉，但对方似乎并不相信我的话。于是我告诉他，倘若我真要试探，就应该离得远远地观察她才对吧？说罢，我还不甘示弱地回瞪他。"

"就是呀，倘若真是那样，有什么必要特意走到那人面前呢。"

"听我说完，三木倒是也陷入了沉思。我又趁机补了一句：所以，你只怀疑我，未免太片面了吧？"

"啊，对哦。"

如果发出信件的人没做错，那就是收件人有点什么问题了。是不是泽井收了三木的信件，把其中那封放了戏票的信拿走了呢？

（一打眼看到信封，她可能就注意到了这是姐姐寄来的。对着阳光一瞧，就能透过信封看到里面装着戏票。为了阻挠他们见面，又或者更积极地让他们斩断这段感情，于是干脆主动出击，自己跑去了。）

"一听我这么说，那个蘑菇头女孩把脸一低，开始抽泣了起来。"

我简直能想象到那是怎样的画面。

"三木更是面红耳赤地发起了火，他说邮箱在他公寓门口，大门是锁着的。除非信放在屋里，否则根本拿不到。又说'我还没让她进过我房间呢'。我这人挺傻的，听他那么一说，忍不住笑了，回了句'还没，是吗？'"

整个房间陷入良久的沉默。我的脑海中浮现出泽井嘤嘤地哭泣，还有三木怒气冲天的、涨红的脸。

然后就完了，全完了。

10

如果确定收件方这边动不了手脚，那就只能再返回到一开始的发件人这边想问题了。

"你确实是投进邮筒里了吗？有没有可能是一口气投递了一大沓信件，落了一封没注意到呢？"

"你是说那封信有可能中途掉在走廊上了？不会的，我是确认好了再投递的。手里的信再多，对我来说最重要的还是他那一封。"

"那……"

我仰头看向天花板。于是，另一个想法冒了出来。没错，其实不必拿到信再进场的，她完全可以自己买票去看啊。

"你有和谁提到过寄票的事情吗？"

"我投进邮筒之后和大贯小姐提到过。"

"看戏的时间地点也告诉她了吗？"

"应该告诉过她是在歌舞伎座，然后演出时间是星期五。"

"那就对了！"

"什么？"

"所以说啊,是那个大贯小姐告诉泽井的!泽井为了找到和三木交往的契机,同时也为了让情敌死心,于是自己跑去买了票,坐在了你的席位旁边。"

姐姐笑了。

"你想什么呢!"

随后,她开始仔细把睡裤边一点点卷到膝盖上头。

"为什么不能是这个原因啊?"

"你是不是热昏头啦?买了票自然是能进场,但她如何知道我坐在哪个位置呢?"

"啊,对哦。"

"而且,我送三木的那张票又该如何处理?要是那天三木也到场,不就撞了个正着吗?"

"嗯……"

姐姐好像小朋友玩儿水似的,把双腿都露了出来,手肘挂着桌面托腮,明明刚洗过澡,她的额头却已经沁出了汗珠。

"还有其他思路吗?"

"泽井应该不会一直待在三木家的邮箱前头等吧?"

"不可能吧。"

"要是碰巧呢?"

"你指的是?"

"就是她太迷恋三木了,于是就跑去三木家蹲等。

正当她走到门口时，邮递员来了。于是她就主动和人家打招呼，假装自己是那儿的住户，然后要走了那封信。"

"嗯，你这个猜想的问题在于，三木家并不是独门独院。如果是独门独院，只要进得了大门，越过围墙收信倒没什么不自然的。但三木住公寓，面对成堆的信件，这招恐怕就行不通了。而且一直在公寓门口徘徊的话，反倒是她会先被人怀疑吧？除非时机真的非常巧，还得加上卓越的演技才行呢。"

姐姐皱着眉，继续道："还有啊，收件人写的可是男性的名字，无论如何都骗不过邮递员的吧？"

听她这么一分析，我也觉得自己这个猜想不太可能了。我深深叹了口气，随后小心翼翼地问："……那个，我想知道，要是以后真相大白，他知道你什么都没做错的话，你们还会重归于好吗？"

其实，我之所以聊到了各种可能性，也是在为这句话争取时间，多做点铺垫。可姐姐却丝毫没有犹豫，马上回答我："不会。"

我不知道该说些什么好，姐姐继续道："我们已经错过了，和彼此失之交臂了，像这样……"

她伸出右手，比画了一个和左手朝着完全相反的方向移动过去的姿势。

"明白吗？已经完了，彻底没戏了。"

然后她便陷入了沉默。

我一巴掌打到了膝盖上停着的蚊子，心想：才八月上旬，小虫为何竟如此聒噪呢。

11

第二天白天，我在翻阅地方新闻的时候，发现大宫某家寿司店会开办落语会，圆紫大师会压轴出场。

这篇报道的内容主要是围绕圆紫大师的弟子，游紫介绍的。因为游紫的老家就在大宫。也因为这一缘分，游紫参加了第一届落语大会，自那以后就成了固定演出成员。今天举办的这第二十届落语会，他是来为师父锦上添花的。

开演时间是傍晚六点。

我在地图上看了一眼大致的地点，就立刻拎了个纸袋子向车站走去。中途还要换乘一次，大约花费一小时抵达大宫站。

其实我很少去大宫。因为从我家出发的任何路线都是直接到东京的。

我穿过遍地摩天大楼的城市街道，一边看着地图一边前进。脚边的影子黑漆漆的好似剪纸画。阳光太强了，洒在身上如同针扎。不过，我感觉这会儿反倒没有赖在家里犯懒的时候热了。

我在路旁的自动贩卖机买了一罐麦茶喝，麦茶很凉。

正准备把喝空的罐子扔到自动贩卖机旁边的垃圾箱里,我才发现那儿趴着一只好似脏毛球一般的大狗狗,它正伸长了舌头睡大觉。我动作僵硬、蹑手蹑脚从它身边走过,又向一位对面过来的阿姨问了路,这才知道我旁边的那栋巨大的建筑就是我要找的寿司店。

白天的营业时间似乎已经结束了,店门上的深蓝色暖帘被拿进了店里。不巧的是,入口这儿就暴露在太阳下,没有遮阴的地方。

我对着被阳光晒得滚烫的大门伸出手,大门被轻轻推开。

"您好,请问有什么需要?"

只见店里一个面相有些可怕的大叔高声冲我打起招呼,声音随着店内的冷气一股脑扑向了我。

"不好意思,那个,我来看晚上的演出……"

我一边说着,一边从纸袋里掏出折叠好的椅子给对方看。

"我能在您店外等一会儿吗?"

宽腮帮的大叔露出一个震惊的表情,随即转头对店深处怒吼道:

"喂喂!这下麻烦了啊!"

楼梯对面走出来一个个子很高的年轻人。

"怎么了?"

"这个客人说要在店外等啊。"

"欸?"

年轻人的语气听上去还蛮高兴的,那大叔又转头回来对我说:

"小丫头,现在才两点啊,外头热得像蒸笼,你想一直坐在外头等着吗?"

没想到对方竟然喊我"丫头",我顿时产生了反抗心,回应道:"是啊!"

只见那年轻人一边把卷在头上的手巾取下来,一边向我走来。

"座位要买票的,但是中午就已经卖光了。"

听到这话,我明显感觉自己的肩膀耷拉下去了。我本来就是个溜肩膀,此刻的体型想必就像个朝上指的箭头一样吧?我甚至丢人地感觉鼻头发酸。

"……是吗,那,那打扰了……"

我正准备关上店门,只见那个大叔又急忙大吼:

"噢噢!你等一下!别急啊!"

"啊?"

"你这么瘦的一个小姑娘,没关系,坐得下啦。"

大叔对那年轻人这么说着,然后笑道:"要是我家那口子可就坐不下喽。"

"你胡扯什么呢!"只听店深处传来一声丝毫不输大叔的怒吼。经过大太阳的灼烧,我的脸颊流下汗水,我一边感受着这种汗水滑落的感觉,一边忍不住露出了微笑。眼前这一幕简直像是一出落语。

"真抱歉，可以这样的吗？"

"虽然不太行，但是你都把自带的小板凳拿出来了，也没办法喽。"

我看了看自己右手拎着的凳子，那还是父亲买给我的小木凳。

"请进吧。"

年轻人从收银台拿出一张明信片，按了一枚蓝色的印章。那是"邀请"用的印章。钱我当然是要付的。

"到时候您把这张邀请函拿给检票人员看就好。"

"好的。"

我再次回到了酷暑的室外，接下来就是慢慢消磨时间，等到傍晚就好了。

我一边走，一边低头看着手里的明信片。那是一张介绍单，上面印了问候语、演出人员和演出曲目。游紫大师的演出曲目是《夏泥》，圆紫大师的演出曲目是《哧溜哧溜》。

12

这家店的二楼是一片很宽敞的宴会场，纵向摆了三排桌子。

我找了个靠边的位置坐了下来。

大约五点半会场就已经坐了不少人。客人大多是结伴而来，大家一块儿商量着点些啤酒和刺身。演出先由前座暖场，讲些时事，中间穿插表演。

不知为何，我总觉得自己和这儿有点格格不入，餐食方面，我只点了些寿司。

"您喝点什么？"

"啊，我喝茶。"

"好嘞。"

我一边呼呼地吹气吸溜着热茶，一边小心翼翼地一口口吃着寿司，尽量不把寿司快速吃完。

傍晚六点，明信片上列出来的那些新人演员开始表演。接下来是第二个演出曲目，由游紫大师热演了一曲《夏泥》。该曲目讲述的是一个入室盗窃的小偷反遭威胁，钱财被席卷一空的故事。

去年，我曾在藏王温泉欣赏过游紫大师的表演。虽然这么说未免太过狂妄，但我觉得游紫大师这一年以来进步非常大。他的表演状态十分接近"刚毅朴讷仁"的风格，其中还添加了一些独特的风趣。

游紫大师表演完毕，鞠躬致谢时，我拼了命地鼓掌。

又一位表演者演出结束后，就进入了中场休息时间。我从纸袋中掏出包包，来到走廊上，正巧和圆紫大师对上视线。

此时，他正和白天见过的那个大叔肩并肩站着，游紫则陪伴在他们身后。只见圆紫大师穿着一条淡蓝色的长裤，上身是一件布料清爽、淡绿和纯白相间的带领半袖衫。他那张笑意盈盈的、玩偶一般的脸上，依然是一副十分快活的表情，估计是来视察舞台的。

"哎呀呀。"

"您好。"我恭敬地低头行礼。

"说起来，你是本地人吗？"

虽然此处和我家属于同一个县，但地区并不相同，不过我依然老实回答："是的。"

"那结束后你可别急着回去。饭村先生，我要带上这位小姐一起。"

那大叔一脸惊愕地看着我，估计他们是在商量演出结束后要去哪儿吧。

回到座位上没多一会儿，那大叔就找了过来：

"喂，穿裤子的小姑娘。"

（我这穿的可是裙裤欸。）

"您喊我吗？"

"对，没想到你和大师交情那么深！"

大叔的嗓门很高，表述得又很暧昧，搞得周围的人齐刷刷地看向我。我狼狈极了，支支吾吾地回着："不，那个……呃，这个，嗯……"

"没有门票的时候，你都没有把大师的名字搬出来呢！我很欣赏你啊！就喜欢你这样的做派！"

他收走了寿司已经被我吃光的空盘子，给我上了一杯清酒，一盘刺身。

"这些算我请你的。"

"这，太不好意思了……"

"没关系！你也没啥钱吧！别客气！"

大叔颇有些侠客风范，虎虎生风地大步离开了。

事态发展到这儿，突然变得有些奇妙。

于是，我也干脆大方地接受了他的馈赠。举起酒杯，像喝红酒一样让冰凉的清酒滑过喉间，真是爽快好喝。

整场演出还在继续，压轴的自然是圆紫大师。他表演的《哧溜哧溜》，讲的是这样一个故事：

帮间[3]一八心仪一名艺伎许久，多年苦苦追求，终于得到了对方比较积极的回应。不过艺伎提出了一个条件：一八必须得在今晚夜里两点来自己房间。若是来晚了，就说明一八的懒散毛病又犯了，那就得死了追求她的那条心。结果，那天店里来了一位一直很照顾他们生意的常客，虽然一八很怕时间错过，但又无可奈何，只好作陪。好不容易从酒席脱身，他找了个亮处严阵以待，等着两点到来。结果却因为在酒席上喝醉，不知不觉睡过了头。等时钟响起，他慌忙用带子缠着房柱哧溜哧溜往下滑。但时间已是早晨，楼

---

(3) 助兴艺人，以取悦客人、席间助兴为业的男性。

下的人已经开始吃早饭了。他师父抬头看到他，就问他"你睡昏头了吗？"于是一八回答："是，我做了个淘井的梦来着。"

淘井，说简单些就是打扫水井。一八拉着绳子哧溜哧溜滑下去的样子，和拽着绳子下井打扫的模样正相似。

整个演出过程中处处都显露出了圆紫大师的个人风格，最后的收尾部分尤其独特。师父一声大吼，一八被猛然喊醒，惊愕万分。随即是转瞬而过的绝望。然而，下一个瞬间，他却开朗万分地大喊一声"是，我做了个淘井的——"然后又缓缓地，无尽感慨地吐出后面的半句"梦，来着"。

第一次听这个故事时，我钦佩感慨，忍不住叹息。

实在是演得太好了。

不过，后来我又逐渐觉得这表演似乎过于现代，与其说是在表现"一八"，不如说它的主角更像"春樱亭圆紫"。换句话说，这演出不太像"落语"，我更像是欣赏了一出"戏剧"。那么，倘若问我：落语和戏剧这两者之间的分界线究竟在何处？落语允许表演者发挥到什么程度？其实我也答不上来。

所以，关于圆紫大师的《哧溜哧溜》，我本人其实很迷茫，不知该作何评价。

不过，唯有一件事我可以一口咬定：倘若他保持二十年，不，十五年，都按同样的表演方式去讲这个故事，那么届时观众对于他对这一桥段的演绎将不会心存任何芥蒂，到了那时的他技艺会变得更纯粹，总之，结局一定会是我预想的那样。

对于女孩子来讲，上岁数并不是什么开心事，不过一想到那会儿至少能听到岁月打磨后的《哧溜哧溜》，倒也算是补偿年华老去的一点盼头吧。

今天的演出也是以这种形式收尾，表演一结束，圆紫大师便被掌声包围。

片刻之后，游紫大师从舞台侧边走上来，手里拿着麦克风。见他上场，如潮的掌声便暂时平缓下来。

游紫大师的表现要比他自己演出时略僵硬些。

"本日圆紫大师莅临演出，座无虚席。很多人都是为欣赏师父的表演而来。机会难得，大家有什么问题想问圆紫大师，可以尽情提问。"

看来，这是演出结束后的附加活动。

"哪位有问题要问的吗？"

游紫大师拿着麦克风走进了观众席间。因为他说话时显出为难困扰的情绪，这感觉又传染到了观众席，客人们也个个变得拘谨起来。

"如何呀，有问题吗？"

再这么僵持下去未免太过扫兴，正想到这儿，我的眼神和游紫大师对上了。于是，我犹犹豫豫地把手举到脸前。

"啊,您请,这位年轻女士。"

游紫大师把麦克风递给了我。坐在舞台上的圆紫大师看向我这边,露出一个微笑。

"我想请教您一个关于《哧溜哧溜》的问题,您的表演有一处和其他落语家不同对吧?在其他人的表演中,一八会和那名常客坦白'今天和女孩子有非常重要的约定,请允许我早些离席',而在圆紫大师的版本里,一八并没有说出口。所以那常客在不知情的情况下,一会儿想这样,一会儿又要那样,甚至还嚷着'我改主意了,咱们去品川吧,不,干脆越过箱根,去看金鯱[4],或者跑去清水舞台[5],从上边蹦下来吧。不,去大阪城吧,去宫岛吧!'就这样要求逐渐升级,每当他提出一个出格的需求,一八就要可怜地惨叫。"

圆紫大师一边听我描述,一边缓缓点头。

"我在欣赏的过程中感觉这样演绎非常有趣,但我想知道,特意用这样的方法表现剧情,目的是逗观众发笑吗?"

这个问题我早就想问了,而且我心里已经有了一个答案。我很想知道圆紫大师的回答是否与我的猜想相同。

---

[4] "鯱"为日文汉字,指虎头鱼尾的传说生物,金鯱主要用作建筑物屋脊的装饰,名古屋城的金鯱最为有名。
[5] 指清水寺主殿堂,大殿前面临崖架有舞台,是最佳的观景地点。

"并非如此。其实,我只是不希望那位常客明明知情,却故意灌一八的酒,拦着他不让他赴约。嗯,这或许是我在落语表演上的弱点吧,我总想要维持一个表面的和谐。不过……"

圆紫大师清亮的嗓音在寂静的大厅回响。

"毕竟这故事有着那样一个结局,所以我不希望再把任何'恶意'摆在故事之中了。否则,一八未免太可怜了。"

13

我们返回车站附近,走进一家地下酒馆。那大叔似乎是这家店的常客。

白天只闻其声未见其人的老板娘也在,果然是位身材丰腴的太太。这位太太似乎很喜欢我,一个劲儿地夸我"好可爱,好可爱"。他们夫妻俩还没有孩子,据说太太很想有个女儿。

眼下大叔正和几个年轻人聊着天,圆紫大师则接受着其余几人的提问。游紫如影随形一般紧挨在圆紫师父身边坐着,不漏掉师父说的一字一句。

"刚才……"

聊着聊着,座位就被打散,大家也都串开坐了。这时圆紫大师把我招呼了过去。他那边的包厢只有他和游紫大师两人，或许其他人也都想着尽量不再打扰他们吧。

"刚才，我的那个回答你还满意吗？"

"满意的。"

他接下来的一番话，就变成了国文前辈会讲到的内容。

"说起来，你知道谣曲《熊野》吗？"

"大概有些印象……"

在为数不多的谣曲之中，《熊野》算得上是最有名的作品之一。我记得三岛由纪夫的《近代能乐集》之中也有收录。不过，我对《熊野》的认识也仅限于"很有名"。圆紫大师继续道："《熊野》这个作品呢，其实讲的就是'不放手'的故事。"

"这么一说，的确……"

权倾朝野的平宗盛有一爱妾名叫熊野。因母亲生命垂危，熊野请求平宗盛允许她返乡看望母亲，可宗盛却不允许，反而带她去赏花。于是，忧心忡忡的熊野和开满枝头的鲜花，这两者便构成了鲜明的对比。

"在《哧溜哧溜》里，一般人大概不会注意到这一点吧？但是我第一次听到这个故事时就很在意了。那个常客明明知道一八与他人有约，却故意拖延，不肯放他离开。这令我感到很不愉快。或许在那客人心里，这样要求艺人是理所当然的吧。"

"我也觉得不愉快！"

我的反应超乎寻常地激烈。当然，我之所以如此激动，是因为这个落语曲目令我想起了三木没能赴约的那件荒唐事。

"哦？"

"能请您听我讲件离奇事儿吗？"

我向前欠着身子问圆紫大师。

"果然如我所料。"

"欸？"

"在走廊遇见你的时候，你就露出了一个'好机会！'的表情。"

"这样啊。"

不过，既然大师早有心理准备，我也就更方便讲述了。于是，我便将姐姐的"撞鬼"事件一五一十地讲给了圆紫大师。

圆紫大师一边啜饮掺水的威士忌，一边听我讲述。等我说完，他立刻开口道："原来如此，我明白了。不过在我讲出自己的思路之前，我想仅就这件事介绍一位碰巧坐在这儿的专家。"

"专家？"

见我歪头不解，圆紫大师指了指游紫。

"对呀，你想想他在藏王表演什么来着？回忆一下。"

想起来了。游紫大师以前在藏王的演出中会请观众随口说一个邮编，猜它对应的地名，或者请观众说地名,他来猜邮编。

"您做过邮政相关的工作吗?"

游紫认真点头,圆紫大师说:"那么,让咱们回到这起事件。你姐姐寄了一封信,可是信没有寄到。一般什么情况下会发生这种事呢?首先,寄出去的信遇到什么情况会被退回来?"

"收件人地址不明。"

"没错,没有收件人,或者收件地址记录不全的情况下,信会被退回来。"

"——那如果邮编和住所对不上,会如何呢?"

后半句是游紫大师追问的。只见他露出一副回忆过去的表情,继续道:"如果住址填错了,可就比较难办了。反倒是邮编写错稍微好些,因为循着住址最终还是能投递到收件人手里。但是,邮件分类是先靠邮编分的,所以会出现延迟。"

"分类是用机器分的吗?"

"没错,所以如果手写的邮编看不清楚也很棘手。我之前在大宫的邮局工作,经常见到一些原本要寄到大阪的信。"

"大阪的信出现在大宫?"

真是不可思议。

"没错,因为大宫的部分邮编是330,大阪的是530。如果笔迹不清楚,3和5就容易弄错。"

"哦,原来是这样。"

"寄信人搞错的情况就更别提了。我有个朋友在春日部邮局工作。春日部是344,因为总有人把邮编写错,所以春日部邮局总收到寄去鸠谷的信。"

春日部和鸠谷同是埼玉县内的市。

"鸠谷的邮编是……"

"334。就算地址写对了,可是邮编写成了344,这封信还是会先被分到春日部。你猜这种写错邮编的信一天会有多少封?"

我心里没数,只能胡猜。

"十封左右?"

游紫没有笑,一脸困扰地回答:"差不多会有两百封以上哦,也真让人头痛啊。"

我大吃一惊:"有那么多吗?"

这时圆紫大师说了一句:"哎,是人就会犯错啦。"

"……所以,您觉得是姐姐弄错地址了?"

"不,我觉得不会。不过,如果填错邮编,信会迟些日子送到,如果填错地址和收件人,信会返还给她。也就是说,并不是只要把信扔进邮筒对方就一定能顺利收到。"

"也有些人就是为了收到退返的信,才会寄信的。"

游紫这句话听上去很奇特。

"啊?"

"邮局有存局待取服务,十天之内没有人来取,邮件就会退返给寄送人。"

"可是,为什么要这么做啊?"

"为了收集邮戳啊。存局待取的话,寄存的邮局也会打上邮戳的。有的人是想要那个邮戳,所以才这么做。"

这世上真是什么想法的人都有呢。寄出去的信有可能退回,扔进邮筒的信也不一定就能送到收信人手中。正在这时,我突然灵机一动:

"已经扔进邮筒的信,还能要回来吗?"

"当然可以。"

游紫大师理所当然地回答。

"……只要找到邮局,告诉他们自己投递信件的地点以及信件的形状,然后再提供一个自己就是寄出人的证据就可以了。不过如果信件已经到了收件方所在地的邮局,那就需要付一笔手续费,再加一部分邮费。"

听上去似乎难度挺大,因为此人必须先骗过邮局的人,假装自己就是姐姐啊。我的思路再度迷失了方向。

不过,圆紫大师倒是一副轻松随意的表情,他喝了一口酒,说了声"那么",然后放下酒杯说:"那么咱们就来想想吧。那位泽井小姐坐在了观众席上,这就意味着她手里的确有票。可她究竟是如何拿到那张票的呢？我觉得，我们可以暂且相信她的那句'是写了三木名字的信寄给了自己'的话。如果这句话是假的，未免太过离奇了。如果说这是出于某人的意志，是某人想让这个泽井小姐去看演出，那一切就变得合理了。此人不想让三木来，而是想让两名互相都以为三木会来的女性撞个正着。如此充满'恶意'的编排，或许的确存在。"

"这么说来……"

"没错，能安排这一切的得是一个知情者。既然如此，能做这件事的就只剩令姐的朋友，大贯小姐了。"

"可是，她究竟是怎么做的？"

"很简单，她把扔进邮筒里的信又拿回来了。"

圆紫大师说得太过轻松，我不由得呆住。

"等一下！邮筒之内算得上是'禁地'了吧？就算想要回来，也不可能说声'还给我'，邮筒就乖乖地把信吐出来啊？"

"那是自然。"

圆紫大师不为所动，我继续道：

"最重要的是，如何让别人相信她就是那个寄信人呢？"

"没错，按常规思路应该很难做到，但如果是大贯小姐，想做到这一点可是易如反掌。"

"欸？"

"你姐姐用公司的信封寄了好几封信，对吧？她是把这些信一起投进信箱的。看笔迹也能立刻判断出这是同一个人写的。同一寄件人投递了数封信件，其中的某一封，就好似混入森林之中的一片树叶。而寄件人则是邮筒前的'公司'，或是'公司的一名女职员'。"

啊，我瞬间明白了他的意思。

"找到邮局去单独要走寄给那位三木先生的信，想必很困难吧？可是，换作一个站在公司前的邮筒旁，脸色苍白的女职员在哭诉'有一部分资料忘记放进去了'或者'里面也有私人信件，但是内容和公用信件弄混了'一类的，又当如何是好呢？"

说罢，圆紫大师看向了"专家"游紫。

"嗯，如果是我，会先和她确认信封形状和收件人地址。"

"信封形状她必然对答如流，因为用的是公司的公用信封。公用的地址都是誊写上去的，不一定记得清楚，但是私人信件的地址信息肯定不会搞错。而且她还穿着旁边那家公司的制服，如果是这种情况，你又会怎么做呢？"

"这个嘛……"

游紫噘起下唇，有些为难地苦思一番，开口道：

"如果是我，我应该会还给她。因为我的确遇到过有人就等在邮筒边说'不想寄了'或者'同时寄出去好几封，信封里的东西搞混了'。如果对方能准确说出信件形状、寄件人、收件地址，我就会还给他。这样做从没出过什么错。"

圆紫大师又转向我：

"如何？我想再添一句，在这件事中，'偶然'起了很大的作用。虽然邮筒上会写明收集信件的预定时间，但大贯小姐本人也有工作，所以她并不见得是在预定时间前后蹲等在邮筒旁的，而是刚走到能看见邮筒的地方，正巧邮递员就来了。于是就犹犹豫豫地要走了信件。这样推测或许更现实一些。她靠这样的方式把票拿到了手，然后以三木先生的名义，寄给了泽井小姐。"

"为什么要做这种事啊……"

"犹犹豫豫"拿走了票，又"犹犹豫豫"地安排这场充满"恶意"的戏码，是吗？

14

"说到这儿，我想反过来问你。"圆紫大师说，"《咪溜咪溜》中的那位常客不肯马上放一八离席，我之前提到这个内容令我感到不快，你说，你也这么觉得。"

"是的。"

"你觉得,那位常客的什么心理让你不愉快?"

我立即回答:"是嫉妒。"

"是因为那常客也喜欢一八心仪的女子,所以嫉妒一八?"

"当然不是。我认为,那是一种想让幸福的人略栽些跟头的心理,再加上一些优越感使然吧。在那客人眼里,一八只不过是个任凭他差使的帮间,结果竟一声不响地得到了幸福。所以他会心生不满和嫉妒。"

"旁人恐怕会说这样是想太多了吧。"

"可能吧。但我并没有去'想',这完全是我的直观'感受'。"

说罢,我喝了一口冰乌龙,理所当然地把问题抛了回去:"……圆紫大师,您又是为何感到不快呢?"

听到我的问题,圆紫大师微微一笑。

"我们应该分头把答案写在手心,然后倒数一、二、三,展示出来。"

"和我一样?"

"没错,我的答案也是'嫉妒'。不过,我最先感受到的是两个人的年龄差距。"

"是,嫉妒一八的年轻?"

"那就太滑稽了。一八绝不算年轻了。而且,摆在他眼前的这段恋情也并没有多么光明的前景。不过坦率点讲,的确,老客人有钱,但一八拥有的是金钱买不来的'爱'。那一瞬,我头脑之中的一八就变得

'年轻'了。而我人格之中的'老客人',开始憎恶起了这个年轻人。因为他拥有自己拿什么都换不回来的'时间'。"

"您大概是在多大年纪的时候有这种想法的呢?"

"十二三岁吧。"

短暂的停顿后,我舔舔了一口那琥珀色的杯中物,好似啜饮美酒,随后说:"您想太多啦。"

"我也觉得。"

圆紫大师看着我,眼神温柔且包容。

"所以,我还是头一回把这件事说出口。"

"这算是一个隐瞒了几十年的秘密呢。"

"是啊。"

我突然觉得喝乌龙茶似乎也会醉。圆紫大师肯敞开心扉,我很高兴。只听他继续道:"不过,同样是嫉妒,也要分不同类型。咱们再回到这个寄信事件里来看:倘若大贯小姐想让这两个恋爱中的人碰面,那我们应该很难推测出她的动机究竟属于'哪一类型',但毋庸置疑,肯定是'嫉妒'。"

"是。"

"可是,人这种生物是很麻烦的。光是活着还不满足,还要宣示自身的存在。所以人类才会进步,当然,也会消沉,会心生嫉妒。就算亲友之间也会产生嫉妒,兄弟姐妹也一样。相对没有那么强烈嫉妒倾向的应该是父母和子女吧。子女从父母那儿感受到的压力,性质倒是和'嫉妒'略有不同。"

正在这时,一直沉默的游紫大师突然说:"那夫妻之间呢?"

圆紫大师露出一个恶作剧的表情对我说:"哎呀,这人呢,下个月要结婚了。"

"哇!恭喜您!"

于是,这位刚毅朴讷的落语师顿时羞涩起来。

"他们夫妻的媒人就是我呢。嗯,你问什么来着?夫妻?这个问题很有趣啊。如果夫妻在同一行业工作,其中一方更受欢迎的话,会怎么样呢,比如妻子会嫉妒丈夫吗?"

我想象了一下自己的丈夫拿了第一,我拿了第二的样子。

"如果是我,应该会真诚地为他高兴吧。"

当然,这并不意味着我主动选择输掉。但丈夫是我选的,我希望他本身就是一个各方面都值得我努力学习的人。这样我们才能共同进步。所以我并不希望他太过平平无奇。

"原来如此,不过,要是反过来,妻子表现得更好呢?丈夫虽然没有说出口,但说不定心里也挺别扭。哎呀,这么一想还蛮复杂的。对了,师父和弟子呢?都说青出于蓝胜于蓝,但弟子表现得太好,同样作为落语师,说不定心里还是会有一丝嫉妒之情的吧。喂!身为弟子,你怎么想呢?"

游紫被问得目瞪口呆。

"您在说什么啊？师父更厉害，这不是理所当然的吗？"

圆紫大师会"认输"，这我还是头一回见到。

15

姐姐的公司位于茅场町。

我立刻找到了这公司楼前的邮筒。邮递员收取信件的时间确实写在邮筒一侧。有问题的那次，就是其中上午的那一轮。

我一直很在意这件事，所以准备调查一番，游紫告诉我"你可以去邮局找那天负责收邮件的工作人员问问"。

不过，我希望尽可能低调一些。虽然不知道还是不是同一个人来取信件，但我准备找个能看到邮筒的地方站着等。

时间还没到，我先去附近的公园坐着读了会儿书。毕竟不是去甲子园加油鼓劲，我并没戴帽子。不过幸运的是有树荫遮阳，倒也不会热得头脑昏聩。距离取信件的时间差不多还有40分钟的时候，我从长椅上站起身，心里略有些打鼓地返回了邮箱附近。

来取信件的是个看上去性格蛮直率的高个子青

年。我走近他，还没等开口，对方反倒抢先问道："您有什么事吗？"

"那个……上周周一的这个时候，有一沓错投进邮筒的信……"

"哦，我记得，有什么问题吗？"

对方迅速回答道。我下意识攥紧了手，可是，我又为难了……因为我没想过接下来要怎么说。

"您还给那个人了对吗？"

"对啊，毕竟人家说是不小心误投了嘛，所以，那批信有什么问题吗？"

对方反问我。得想办法糊弄过去。

"那个人，是我姐姐。"

"哦，是吗？你俩看着不像啊。"

"她说多亏您帮忙，她才免受上司训斥。"

"欸？"

"我正要去她们公司，找我姐……那个，真的非常感谢您。"

我一边冒着冷汗，一边逃也似的冲进了公司大楼。看样子，侦探这一行不适合我。

不过，在冷气开得很足的建筑物里待着实在太舒服了。这楼里的感觉有点像银行。姐姐和大贯小姐工作的地方是在楼上，所以我也不担心会遇到她们。总之，待在这地方不会打扰到任何人，我默默享受了一会儿，就走了。

虽然邮递员觉得"不像",但他并没表现出无法接受的态度,所以取回信件的同事应该和姐姐年龄相仿吧。

我给姐姐供职的公司打了电话,当然,找的是大贯小姐。当我说出"想和您聊聊我姐寄出的那封信"时,我明显听到电话线那头的人屏住了呼吸。

16

"我看到她拿着信出去,就觉得有点奇怪。"

午休时分,我和大贯小姐在日本桥附近的一家咖啡店约见。大贯小姐是个身材小巧,长着一张瓜子脸的女性。她很爱伸手遮嘴,一开口说话就要捂嘴。

"公司的邮件一向都是总务科的人统一拿去邮局的,不可能让员工自己去投递。除非是特别着急的情况。总务那边的人都是下午三点左右拿信。"

这些事我并不知道。原来的确有一条暗线促使大贯小姐注意到了寄信的事。

"所以她回来之后我就小声问她'你是不是寄了封特殊的信啊'?"

我点了杯红茶,准备和她聊完之后再找地方吃东西。可是大贯小姐只点了一杯咖啡。我有点在意:她究竟什么时候吃午饭呢?

"于是我就听你姐姐说了一下来龙去脉。说实话,我希望她能放弃。大家一提到三木先生都是大惊小怪的,其实也没什么大不了,他那个人其实就是个绣花枕头。"

她像在膜拜似的双手在鼻尖合十,随后抬眼看着我。

"然后……真的很偶然,我因为有事要出公司,正碰到邮递员在开邮筒。我就像是被什么东西吸引着,下意识地就走上前。反应过来的时候,我发现自己在说'刚刚我放进去的信件弄错了,里面漏掉了很重要的数据,能不能还给我呢?'然后,我又脱口说出好多专业术语,还报了公司名字,指着公司大楼和他解释。然后我就突然有种被人盯看的感觉……我又急又慌地和对方说'求您了,我改好之后下午会来寄的,要是这样直接寄出去,我真的会被领导骂惨的'。我已经没退路了,只能坚持。于是,对方就把那沓信还给了我。"

我的红茶和她的咖啡,都一动没动。

"到那时候为止,我还觉得自己是真的为你姐姐着想才那么做的,我觉得她真的应该和那个男人分手。可是,之后我为什么要那么做,就连我自己都搞不清楚了……"

听到一个年纪比我大的人带着讨好的语气和我说话,总感觉不太舒服。

"属于公司的信,我直接拿到总务那边了,放了戏票的那封信我想直接扔掉,所以就从那沓信里找出来,立刻折好塞到口袋里。等到下班换衣服的时候我想起了这件事,然后就,不知为何,你懂吗?不知为何就查了三木先生和泽井的地址,然后,回到家用文字处理机……"

整个过程已经非常清楚了。不过,我之所以约她,是想说接下来这段话的。我对着动作慌乱地伸手挡着自己面庞的她开口道:

"我清楚了。不过我不满的是,我的姐姐被人误解了。泽井小姐认为我姐姐是故意那么做的,三木先生也是那么想的。唯独这一点……"

我说着说着,发现大贯小姐原本慌乱的手停止了动作。随后,她的手好似落叶一般,跌了下去。

"不对……"

那一瞬我还不知道她在否认什么。随后,她再次重复:"不是的……"

"哪里不对了?"

"我,我是真的觉得自己做错事了。所以星期五那天晚上我连觉都睡不着。第二天我就给泽井小姐打电话打听情况,那天很晚了她才总算接了电话。一开始我是没打算彻底坦白的。可是泽井小姐特别会套话……最后我还是老老实实全都交代了。于是泽井小姐告诉我说她知道了,还说她完全没有放在心上。"

我感觉后背一阵发寒。这件事,不是发生在姐姐和三木还有她见面之前的吗?

那个新人社员泽井,竟然对着姐姐嘤嘤哭泣?

看样子,姐姐是真的"撞鬼"了。

17

说来,我还是第一次听到圆紫大师的孩子的声音。她接起我的电话之后表现得非常得体,对我说:"好的,我这就让家父来接电话。"记得这孩子才刚念小学二年级,真是个稳重的好孩子。

不过,还是她,把听筒放到一边之后就换了另一副童真模样,大喊"爸爸!电话!找你的电话!"这个态度转变也让人觉得可爱。

"哎呀,真不好意思,这孩子动不动就爱大声嚷……"

接起电话的圆紫大师语气完全就是一位温柔的好父亲。

"嗓门大说明很健康呀。"

当然,我也是第一次给圆紫大师家打电话。那天我告诉他,如果事情调查清楚了会和他联系,于是圆紫大师立刻回道"我会休假两天,你可以晚上给我家里打电话",并且把他家的电话号码告诉了我。

"您今天很忙碌吧?"

"欸?啊,是呢,陪着家人一起去后乐园了。"

"您已经吃过晚饭了吗?"

"吃过了。"

于是,我把大贯小姐的事都讲给了他。

"她说会负起责任告诉三木,这件事并非姐姐所为。姐姐那边,她也说会马上找她道歉的。和泽井相比,她似乎更难和姐姐开口解释。一方面是因为觉得自己的所作所为背叛了姐姐,另一方面,是从很久之前起,她在面对姐姐时就会有压迫感。所以完全不知道该怎么开口。"

当我告诉她我明白她的感受时,好似旋转着迟迟安静不下来的棋子一般的大贯小姐,突然露出一个松了一大口气的莫名有些高兴的表情。

"原来如此,事情到这一步也算是暂告一段落了。后面的事情,也不需你再去想了。"

"是的。"

突然,我产生一种只说这些就挂断电话,未免有些寂寞的感觉。

"……我姐姐,约我周末和她一起去弥彦[6]。"

"姐妹结伴旅行呀。"

"是啊。"

---

[6] 位于新潟县西蒲原郡。

"真好，这种和手足一起旅行的机会在成年后其实很稀少的。"

"我也这么想。"

这次旅行是第一次，恐怕也是最后一次吧。

"说到弥彦，就不由得令人想起了良宽[7]呀。"

"是吗？"

发生了这么多事，我还完全没腾出时间去了解弥彦呢。而且我从来都没去过新潟县。

"最先要去的肯定是弥彦神社啦。不过，我觉得良宽更加适合您。"

"因材施教？"

"是啊。"

我不知为何又高兴了起来，听起了圆紫大师的讲解。

"弥彦和寺泊[8]之间有一座国上山。这座山上建了一座国上寺。良宽就曾居住在那座寺里。他住过的小屋叫作'五合庵'，我也在那儿住过。"

"那儿还能住吗？"

"不能，现在就更不能了。"

听上去好矛盾。

"那您为什么住过啊？"

---

[7] 良宽（1758—1831），江户时代的云游僧人，同时也是诗人、书法家。
[8] 位于新潟县的渔港小镇。

"那还是很久以前的事了,当时我还是个学生。我独自旅行,转到了五合庵。日暮时分,我就坐在那个廊檐下,迷迷糊糊地呆坐了许久。然后来了一位寺中的僧人。我当时也不知自己是怎么了,突然对他说'请问能允许我留宿一晚吗?'"

"哎呀。"

"出乎我意料的是,对方竟回答'好的',于是我就走进庵中关上门,过了一晚。"

"那一晚过得如何呢?有什么收获吗?"

"大家或许都会觉得应该有所收获吧?但我是俗人一个,所以收获的只有和蚊子斗争了一整宿的经验。"

"啊!"

听他这么一说我突然意识到了,山里现在肯定有超级多身强体健的蚊子啊。

"黑暗之中,蚊子的叫声从四面八方涌上来。嗡嗡嗡,嗡嗡嗡……"

"光是想象一下都觉得皮肤好痒。"

"不过,良宽可是每天都住那儿呢。"

"是啊。"

"而且,还会听到脚步声。"

"脚步声?"

"是啊,脚步声。我不知是谁在屋外徘徊,于是稍稍推开门,发现月夜好似在水底一般幽深澄澈。眼前,参天大树的叶子在月光下舞蹈,沙沙沙沙地纷扬落下。所以啊,那是叶子从树梢落下发出的声音。虽然我知道了,但依然觉得那声音很像脚步声。我在屋内,听得那脚步声缓缓走近,最后在庵前猛然止住。然后,又有新的脚步声由远及近。沙沙,沙沙,沙沙,然后停住。沙沙,沙沙,沙沙,又猛然停住。如此反复。"

他的讲述好似一个被人遗忘的古老传说。我的眼前,是一片沐浴在月光下的山脉与森林。

我不由得轻声道:"良宽,也能每日聆听那树叶的脚步声呢。"

18

姐姐把乘车券和特急券,连同旅馆的优惠券一起递给了我。

"你不和我一起去吗?"我问。

"我们在电车里面面相觑的有什么意思啦?你在旅馆等我。"

姐姐无情地回答我。随后她又留下一句"晚饭前我会赶到旅馆的",就出门去东京了。

从上午起,天上就开始下大雨。

我先抵达大宫,在那儿坐上了新干线。我在车里读了《斋藤茂吉选集》,这书上还提到了良宽的作品。

若是春日至,且访寒舍,切盼与君见。
忽闻君来心欢喜,且盼何日再逢君。[9]

提到良宽,我想起的都是孩童时期读过的手鞠、竹笋[10]一类的故事。但是关于他的字和他的歌,我并未专门了解过。所以在第一次读到他如此真情流露的作品时,我才会感动到颤抖吧。

据说,这作品是他在一心等待着比自己年轻四十余岁的贞心尼时写下的,当时的他已是迟暮之年,光是想到这一点我就感动不已。想来,我在情感方面的体会也是过于匮乏了。不过,这也正凸显出作品中情绪的丰沛之美。

其中是否含有肉体方面的情欲,这件事我绝非从未想过。事关自身,这我都懂。不过,应该还是内心的希求在前,然后才是肉欲吧。

车开过长冈,我透过宽大的车窗看到了无垠的晴空。笼罩了整个关东平原的暴雨就好似一个虚构的故

---

(9) 文中和歌引用自斋藤茂吉《良宽和歌集私抄》。——原书注
(10) 手鞠是深受女性、儿童喜爱的玩具,江户时代以来十分流行。良宽喜与孩童嬉戏,和他们一起玩手鞠。某年春天,五合庵旁边的厕所地面长出了竹笋。竹笋越长越高,眼看笋尖就要碰到屋檐,心生怜悯的良宽想用蜡烛在屋檐上烧个洞出来,没想到引起火灾,把厕所全部烧毁了。

事。我手托着腮，一边远眺那澄澈的天空，一边喏喏着：

"若是，春日至。"

有着越后第一神社弥彦神社的弥彦，还是一座温泉之城。

我在燕三条换乘，在造型好似神社的弥彦站下了车。此次要住的旅店就在眼前。我放下行李，搭出租车去了圆紫大师在电话中提到的国上寺。

车在用沥青铺砌的山路上爬升，司机师傅中途顺路带我去了良宽曾住过的一处小庵。据说他晚年在五合庵生活有些吃力，所以就在这小庵居住了。

"这儿距离村镇很近，所以当年那些小孩子应该也是来这儿玩耍的。"

这里还停了其他的车辆，看样子来访者不少。此处的建筑是新的，应该是复原重建了。

"这周围也长了竹子，如果竹笋的故事是真的，估计指的也是这里吧。"

司机一边说着，一边掏出雪白的手帕擦拭额头的汗水。我朝里面一看，只见庵里坐着几个表情严肃的中年男人。或许是在体会良宽的心情。

我在国上寺前下了车，走到一个略有些陡的斜坡上，没几步就到了五合庵。司机也很贴心地陪我同行。这儿的建筑是大正时期再建的。

茅草顶的小庵被绿树环绕着，我坐在了檐廊下，吹着迎面而来的凉风。突然产生一种时间的流动瞬间被缩短的感觉。

很久很久以前，良宽也曾坐在这个地方。我出生前不久，或是在我还是婴儿的时候，学生时代的圆紫大师也曾坐在这个地方。而现在，我也坐在这个地方。十年后，五十年后，当我早已消亡，一样还会有人来到这儿，感受凉风拂过吧。

树叶沙沙地响起来。

当地的阿姨一边制作，一边贩卖着漂亮的手鞠球。我花了三百日元，买下了一颗小手鞠。

19

在我万般担忧之下，姐姐总算在晚饭的尾巴前勉强赶到，所以就直接坐下来开吃了。

她那一身衣服十分华丽，不像是旅行，感觉更像是晚上在六本木散步（不过我也只是"感觉"，我只从六本木地铁站走出来步行到俳优座剧场，然后又返回地铁站，仅此而已。所以我的这个感觉其实没什么根据）。

身穿简便T恤的我往末席一坐，我俩俨然就成了大家族的小姐和"世代为奴"的仆人。

"洗过澡了吗？"

"洗过了。"

"陪陪我嘛。咱们比比谁能在桑拿房待更久。"

机会难得,但我选择婉拒。因为姐姐本来就特别耐得住泡澡。如果她蒸桑拿也是一样,那我根本没有胜算。

果不其然,她在桑拿房里待了超久。我虽然不知道她像微波炉里的炸鸡那样在里面烤了多长时间,但所幸没收到"令姐被热晕了"的通知。只见姐姐换了身浴衣,神清气爽地回来了。

我换上了睡衣,正躺在床上翻看游览指南。

姐姐按开电视,上头播放着搞笑节目。我们俩一边批评着节目内容,一边有一搭没一搭地聊着天。

后来我们关了灯,钻进了摆在一起的被窝里。我们只有小时候这样睡过,已经隔了不知多少年了。从初中起我和姐姐就分房睡了,太久远了。

不过,姐姐说了一句:"睡了,好累。"

就是这么一句话,让我产生了那种手足之间独有的坦率直爽。再也没什么不满足了。

我朝向右边侧躺,准备睡了。姐姐就躺在我旁边。每呼吸一次,我仿佛就年轻一岁,我就这样不断地退回到过去。回到了四岁左右的时候,我突然产生了一个疑问。

我小声问:"那个……"

我没变姿势,依然背对着姐姐。

姐姐也还没睡,咕哝着回应我:"怎么啦……"

"你不是说,有一天你决定不再欺负我了吗?是因为什么啊?"

姐姐沉默了一会儿,她的身体并没动,然后她说:"别问这么羞耻的问题啦。"

"抱歉……"

我以为事情到此就结束了,可姐姐却继续道:"因为你扑进我怀里了呀。"

"我吗?"

"对。"

那双红拖鞋在我的记忆之中明明无比地深刻,可姐姐提到的这个场景我却一时难以回忆起来。我感觉有些难堪,于是就没有再追问下去。

20

我在旅行地一大早就醒了,只见姐姐已经换好了衣服坐在窗边的椅子旁,还动作不大雅观地把脚搭在了桌子上。因为她穿的是婴儿蓝色的短裙,所以那两条修长的腿一览无余。她旁边放着一罐青色的健康饮料,似乎是刚从冰箱里拿出来的。看样子她一早已经去洗过澡了。

"要去洗澡吗?"

"嗯。"

我坐起身揉着脖颈,姐姐对我说:"换洗衣服我放那边了。"

"嗯。"

我看了看枕边,一件亮橘色的背心顿时映入眼帘。那颜色鲜艳得仿佛从内到外透出光一样,简直令人忍不住惊呼。我半张着嘴,把它摆到睡衣前比画。

"我……我穿这个?"

肩膀锁骨大概全都要沐浴阳光了。

"这颜色不错吧。"

我本来想说这颜色好艳俗,不过想想还是忍住了。

"这个,适合我吗?"

姐姐干脆利落地回答:"适合啊,我觉得很适合你。"

于是我先换上了浴衣,去泡了澡,流过汗,然后穿上了姐姐为我准备的服装。

我不胖,但那背心套上之后也是正好合身,并不宽松。我不需要去照换衣间的大镜子,也心知肚明:我真的一点胸都没有。

下身穿的是条短裤。颜色和姐姐的短裙一样,是婴儿蓝色的。我在腰间紧扎了一条黑色腰带。

"这样子,完全就是小屁孩。"

我照着镜子小声说。不管怎么想,我也本应像个孩子，而且是像个男孩子才对。可我一边说一边察觉到，我因为自己的措辞不雅而红了脸。

镜中那个凝望着我的，正是一个出色到令我有些害羞的女人，是我自己呀。

21

早餐自助，时间也比较自由。所以我们决定饭前先去趟弥彦神社。

可能因为是和妹妹一起出游，无须太过在意门面吧，姐姐只套了件朴素的蓝色T恤，妆也没化。看她这样我也挺高兴的，感觉松弛，清爽。

走出旅馆，正看到一群小朋友在站前做广播体操。于是，我走路的节奏也自然而然和体操的音乐一致了。走出去好远，依然能听到背后的广播声。

紧接着，眼前的路穿进了公园。

鸟儿不知在何处啁啾。

姐姐突然抬起脸说："三光鸟。"

"什么？"

"因为它的叫声听上去像'月、日、星'，所以人们叫它'三种光芒的鸟'——三光鸟。"

"欸……"

我不由得赞叹。多时髦的名字啊！这种鸟在当地应该也很有趣吧。

你知道得好清楚啊！我正准备对着她那穿了蓝T恤的后背说出这句话，却又突然噤声了。

姐姐是怎么知道的呢？

我要去五合庵，所以"预习"了良宽。那么，姐姐也是因为对这儿感兴趣，所以了解过这边的风土人情吗？还是说……她之前曾经来过？这二者之中，总有一种。

我其实也想过，姐姐为什么突然喊我一块儿旅行，其实她本来约的是别人吧？不过，这些猜测并不适合直接说出来。

这公园比想象中要大。当我们走过一道架在溪谷上的红色小桥时，眼底出现了一望无际的枫林。这么多枫树，到了赏红叶的季节一定相当壮观。

再向前走几步，拐角处探出一朵绽放的白芙蓉。

"哎呀！"

我停下了脚步。那绿色的茎秆上挂着一枚蝉蜕。它头朝上静止着，就好像在向着顶端那朵娇嫩华美的芙蓉花攀爬一般。

"真少见，竟然在花朵下面呢。"

姐姐说。我也点点头。随后我们就继续向前走了，但我总有些心事重重。

走过温泉街，穿过鸟居，又过了河川，便进入了被亭亭杉木所包围着的神域。中途我们还和一群穿着运动服的中学生擦肩而过。可能是祈祷比赛必胜的运动社团的孩子。小声笑闹着走过的小学生，好像是刚刚做完广播体操归来。这一片地区的操场似乎属于神社的范围。此外，我们还遇见了一对互相搀扶着、一步一步向前走的老夫妻。

走上石台阶，进了大门，眼前顿时开阔起来。这里就是弥彦神社的正殿了。

这建筑物十分宏伟，四周被栏杆环绕着。大殿仿佛一艘浮在粗砾石之上的巨舟，和一旁那郁郁葱葱的绿树交相辉映，显得十分协调。

姐姐不知祈祷了什么，我祈祷的是父母姐姐还有我都能生活幸福。

随后，我们回到大门附近的长椅上，坐了下来。

"我们穿得这么随意，神明会不会不高兴？"

"没事，神说不在意的。"

姐姐的回答仿佛巫女。

从杉树林中传来了野鸟的鸣叫，还有一清早就已喧闹起来的蝉鸣。

说起来，自打到这儿，我好像始终都能听到蝉鸣。在五合庵那边也能听到空中蝉鸣如雨。那种在家里听不到的，寂寥的蝉鸣，一直在耳边回荡。从清晨，到白昼，再到傍晚，就连入了夜也从不知何处传来……

突然，我仿佛石化一般，死死僵在原地。

姐姐的手撑着长椅的椅面，不知在看哪里。她那面庞的背景，是越后第一神社巨大的正殿。我对着她那心无旁骛的侧脸开口道："蝉……"

我小声说。

姐姐转头看向我，而我继续道："是因为夜蝉，对吧？"

于是，姐姐温柔地微笑着回答："没错。"

我的记忆无比鲜明地被唤醒了。

记得当时我还没读小学。那是一个深夜，不过也可能是因为我当时年纪太小，才觉得是深夜吧，说不定当时才过八点。父亲还没回来，母亲因为要办什么事，短暂地出了会儿门。

说实话，我当时很不愿意单独和姐姐待在一起。我当时年纪太小，在体力上和姐姐有巨大差距。当时我看姐姐的眼神，大概就像是要被献祭的牺牲品在看着一个暴君吧。

那天好像也和姐姐发生了什么不愉快，我记得自己逃出了厨房，躲进了铺好床铺的八叠房间里。当时屋里的灯绳又接长了一截，位置更低。我拉了一下灯绳，黑暗顿时消失，屋里大亮。小小的、满身大汗的我，准备一头扑进雪白的床单上。

正在这时，我听到"嗡"的一声。有什么东西箭一般地从敞开的窗户猛窜了进来。

然后，它开始在隔扇、拉门、窗框和灯之间不断划出疯狂的路线，又冲又撞地狂舞。当它撞上那圈明亮的光环时，整个灯都会摇晃起来，淡墨色的灰尘和老旧的蜘蛛网从空中纷纷扬扬地飘下来，看上去诡异极了。

我顿时陷入恐慌状态，用毛巾被裹住了全身，坐在地上猛地倒退着逃跑。退到隔扇的时候，那东西正巧飞到我脸边，"咚"的一声撞到了隔扇上。我大声惨叫，整个人恐惧到石化。

随后，它又飞了一圈，停在了房柱上，然后开始发出恐怖凄厉的鸣叫。那是一只巨大的油蝉，非常的可怕。

在我的卧室里，深夜，这只油蝉不断地发出充满威胁和压迫的鸣叫声。

它腹部抖出的声音回荡在整个房间，对于孩提时代的我来说，它的存在简直把我安居的稳定秩序与和谐的世界彻底毁了。房间之中充斥着绝对的、对异形的极度恐惧。

正在我连寒毛都不敢动一下的时候，我身后的拉门被推开了。姐姐那双大眼睛因为惊讶变得更大了，她探头进来："怎么了？"

就在那一瞬——

我仿佛瞬间解开了绑缚在身上的无形绳索，大哭着扑进了姐姐怀中。

22

"在发生那件事之前,大家总说:你就这么一个妹妹,要好好对待她。听得我烦死了。道理我当然懂,可是我不知道该拿自己的情绪如何是好。说白了,我当时恨你恨得不得了。特别特别嫉妒你,因为你永远都是小宝宝,我则成了姐姐。"

姐姐丝毫不遮掩地坦白:"可是在那一刻,我突然意识到了,我们是血脉相连的亲姐妹。不需要讲道理,就是自然而然地明白了。"

姐姐的视线落下来,落到了那片粗砾石上。

"当时,你一直在不停重复同一个词。"

"什么啊?"

"你平时都怎么叫我的?"

于是我喊出了那个词。

"就是这个称呼,你不断地重复着。把我搞得彻底没辙。你已经二十岁了。可是,如今你还是这样喊我的。如果有别人在,你会喊我'姐姐''家姐'对吧[11]。但私底下你对我的称呼始终和儿时一样。可能你到了三十岁,甚至五十岁,都不会改变。"

我仿佛被什么巨大的生物紧紧地盯着一样,颤抖着。

---

[11] 在日文中,对姐姐的称呼有"姉""お姉さん""お姉ちゃん"。前两种称呼比较正式,最后一种较亲昵且私人。文中"我"对姐姐的称呼是最后一种(お姉ちゃん)。

"所以最终就是这么回事喽，你那样子喊我，我被你那样喊着，当时我意识到了那件事，所以从那天起我就变了。我没有再要求你这样那样，而是选择自己主动改变。反正早晚会变的。人活着，就是要经历不同的立场吧。早晚有一天，那种无须任何道理、自然而然就感受到了人与人之间的关系与自身角色的瞬间，必将来临。"

姐姐那年长我五岁的眼睛凝望着我，嘴角松弛下来，似乎想起了什么值得怀念的往昔。随后，她突然冲着宽敞中庭的反方向说了声："哎呀，你看！真厉害呢！"

一个看上去和蔼可亲的老人被好几个小孩子围在中间，正准备放飞竹蜻蜓。只见那竹蜻蜓离开了老人的双手，飘浮着，随后，仿佛一根看不见的线拉着它，不断将它直直地拉向高高的天空。

它飞得比神社的大殿还要高，轻松超过了二十米的高度，简直突破了常识对竹蜻蜓的认知。

孩子们发出欢呼声，捡起了落在粗砾石上的竹蜻蜓，跑回到了小个子的老人身边。每一次，老人都会微微低头礼貌地对孩子行过一礼，再接下竹蜻蜓。

姐姐突然站起身。

"我去去就来。"

她踩着粗砾石，脚步轻盈地径直向那群人走去。

虽然她的背影渐渐远去，我却有一种她反而向我迈近了一步的感觉。

有无数次,姐姐都默不作声地庇护了我。我明知理应感谢她,但不知为何,那种仿佛被一只戴了玻璃手套的手抚摸过的感觉久久无法消除,但是,事实果真如此吗?

或许那玻璃手套并非戴在姐姐手上,而是罩在我的心里,是为我的心裹了一层玻璃铠甲,不是吗?

姐姐加入那群小孩子之中,对老人低头致礼。老人的衣着于我来说比较陌生,似乎是往昔的工匠打扮。只见他取下了卷在头上的手巾,也对姐姐鞠躬回礼。随后,他们两人就仿佛相识十年的知己一般聊了起来。

老人打开了腰边挂着的一个自制的三角形盒子,从里面拿出了好几个竹蜻蜓给姐姐看。姐姐浑身都洋溢着纯真和好奇,手指着竹蜻蜓,这那那地问了一大堆问题。

有一个小孩子似乎对他们枯燥的问答失去了耐心,于是伸手戳了戳老人的腰。

于是,老人和姐姐面面相觑,然后都笑了起来。他们对那小孩子说了些什么。似乎是在说:"抱歉,抱歉哦。"

随后,老人换了一个新的角度,摆好竹蜻蜓,然后"咻"地用手一搓。

于是,那竹蜻蜓便向着天空高高地,高高地

飞去。

姐姐专注地看向天空,露出璀璨的笑容。她双手在胸口合十,似乎在祈祷着:"飞得更高些,再高些吧!"而她那一头飘逸的长发,在那身蓝色T恤背后随风飘动着。

这时,我的心仿佛奔流的河川,猛烈地涌向姐姐。

"……姐。"

我一边站起身,一边小声地呼唤着她。

导读
日常之谜：正视身边的人和生活细节

1987年，是日本新本格推理的"元年"。那一年，绫辻行人带着《十角馆事件》横空出世，打破了自松本清张以来推理文坛被社会派统治的局面，将轻松、娱乐、想象力重新带回推理小说中。

接下去的短短三年，涌现出了一大批富有才华的年轻作家，如法月纶太郎、我孙子武丸、麻耶雄嵩、歌野晶午、折原一、二阶堂黎人、有栖川有栖等。接下来的十几二十年里，他们的新本格推理作品一直是推理市场上的中流砥柱。有趣的是，在这几年里还有一位刚刚出道的新人，他一开始在新本格赛道竞争，多次尝试后开始主攻社会派，最终凭借超强的写作技巧和精彩的写作主题成名，他的名字叫东野圭吾。

可见，日本的现代推理自1987年以来始终是用社会派和新本格两只脚在前行。社会派低头，目光凝视脚下的土壤，观察残酷社会中的真实人性。新本格仰头，用想象眺望浩瀚星空，构筑奇思妙想下的理性世界。

1989年，日本推理界的传承正在延续，新一代的推理作家势头正盛，泡沫经济也来到了历史最高点，一切欣欣向荣。就在这一年，有一位不愿意透露真实身份的作家发表了一本推理短篇集《空中飞马》。

这是一本看起来平平无奇的推理作品，它并没有通过经济、阶层、官僚等因素来反映很深刻的主题，也没有夸张的、天马行空的诡计，甚至没有出现恶性刑事案件。恰恰相反，这是一本恬淡的"日常之谜"。

——没有仰视，也非俯视，而是正视出现在身边的人和发生于日常生活里的谜题。

一年后，日本泡沫经济破碎，千万普通人的生活一夕之间发生翻天覆地的变化，但生活还要继续。除了控诉无情的社会机器，或埋首让自己感到舒适的乌托邦，那种缓慢的真实生活、平淡的一日三餐、最小单位的人和事，虽许久未见，却同样重要。1990年，《空中飞马》的同系列续作《夜蝉》获得日本推理作家协会奖，标志着主流推理文坛对"日常之谜"这一类型的认可，受到《空中飞马》感召而进行创作的推理作家和作品也开始变多。

如今，日常之谜依然属于小众，但它诞生之初便从大开大合的"虚构推理"中脱颖而出，几代日常之谜作品中呈现的不同时代下普通人的"真实感"，能让读者有极强的代入感。看这些书，仿佛我不是台下的观众，在看一场舞台上聚光灯下年代久远的经典推理秀，而是故事就在刚刚发生，就在我隔壁的座位。

我在十几年前就读过北村薰的"圆紫大师与我"系列，当时的我极度沉迷《××馆杀人事件》这种类型的小说，当我读完《空中飞马》后，第一感觉是"淡"，第二感觉是"怪"。

淡，是因为书中没有发生任何"值得一提"的大事。作为一本收录多个短篇的推理小说，谜团居然都围绕着"为什么她要在红茶里面加那么多糖""做梦梦到一个没见过的历史人物""车上的椅套怎么不见了"这种生活中随处可见的小事。而且，主人公也并非什么了不起的私家侦探或屡破奇案的孤僻天才，而是一个名为"春樱亭圆紫"的落语大师，相当于我们中国的相声演员。虽说他小有名气，专业技能过硬，但怎么看都像一个邻家大叔。最关键的是作品的主视角"我"，自然也不是名侦探的助手，而是一个再平凡不过的十九岁大一新生。

怪，是因为违背了对写作结构的预期。我原以为既然是推理小说，那么"日常之谜"重点也应该在"谜"上，但其中有一篇小说，"谜"几乎在最后十分之一处才出现，紧接着落语大师出场，瞬间破解。和其他开篇即有悬念有案件的小说相比，"日常之谜"的重点却是在日常上。

这时我才恍然大悟，"日常之谜"不是"谜之日常"，日常本身是平凡的，只是日常中包含有一定的谜团。它们可能只占日常的十分之一，但也需要你的耐心、细心和关心才能发现，进而破解。

当然，以上都是主题和创作层面的总结，如果要细看，我发现书中即便是微小的谜团，也有令人意外的展开和充满巧思的诡计。而日常部分，女主角和同学、长辈的沟通，她的所思所想，竟如此真实且犀利。

所以看完《空中飞马》，我便很好奇该系列的后续作品，因此第一时间找来阅读。

北村薰的第二作《夜蝉》从收录5个短篇，变成了3个短篇。而增加的篇幅并没有用于在谜题部分大做文章，而是更加肆意地描写日常的复杂情绪。如果说第一本的主角只是一位单纯稚气的大一学生，这本中升入大二的女主角则和世界有了更深的连接，思考的问题也更加深沉、细腻。

1991年发表的《秋花》，是这个系列第一本长篇小说。我们一路跟着主角，从大一时的天真童趣、朝气蓬勃，大二时的平静舒缓、略带哀愁，到大三时终于开始直面一个人的死亡，我们不得不长大，接受一些不堪和无奈的事情，即便我们对此早有预料。本作中，"侦探"并没有前置，北村薰依然用日常的笔触，聚焦于平凡个体在历经成长时的失去和寻问。此外，在文本层面，短篇到长篇的变化映射了"成长"这一关键词，如今回头看真的要为作者击节叫好。

系列的第四本《六之宫公主》是其中最特殊的一本，大四的女主角为了写毕业论文，展开了关于芥川龙之介《六之宫公主》的调查。这是真实的历史，但不算未解之谜，硬要说的话，算是"历史日常之谜"吧。在我看来，这也许是"日常之谜"的本质，随着角色的成长，关注的问题随之变化。在伦敦公寓破解皇室钻石被窃的是神探，而在大四的课间思考论文怎么写，是"我"的日常。

"我"的日常？一直读到这本，我才惊觉，我居然还不知道女主角叫什么名字，她一直隐藏于"我"这个人称之后，我们却真实而诚恳地和她一起走过了大学时光。原来，日常之谜写的不是"ta"的故事，而是"我"啊。

系列的前四本，北村薰以一年一本的速度出版。作品中，女主角也是一年一年地成长。但之后的《朝雾》一直到1998年才正式出版，书中的女主角也已经成为一名编辑。时隔多年，再次相遇，就像毕业几年后的同学聚会，有很多东西变了，比如"我"和落语大师不像以前那样频繁联系，比如"我"没有大把时间去读书，比如自我成长型的烦恼变成了工作中的困扰。但有更多的东西没有变，比如《朝雾》回到了《空中飞马》的短篇形式，比如"我"的日常平淡得和大一时一样，比如"我"依然保持对真实生活细节的好奇，依然能发现随处可见的"日常之谜"。

新的成长开始了，生活是步履不停的。从《朝雾》回望《空中飞马》的那一刻给我带来了极强的能量与宽慰。

很少有推理小说能像个好友一样，给予我"陪伴感"，所以当我得知北村薰的这个系列完结的时候十分不舍。

多年来，我也一直在合适的场合推荐朋友这套书，但遗憾的是一直没有简体中文译本出版。

十月底，"轻读文库"的老师联系我，说这套书他们准备引进出版，并且这一次，还有此前未有过中文译本的第六作《太宰治的词典》，这让我喜出望外。

但一上头答应写这个系列的"导读"后，我又有几分忐忑，一方面我真的很想推荐给所有人（不仅限推理迷），另一方面，我又觉得这个系列其实更像一个朋友，一个名为"我"的朋友。

把它带来的是"轻读文库"，真正和它接触交流的是诸位读者自己。与其介绍这位朋友的出生、成就和名气，不如谈谈我自己接触下来的感受。

祝大家享受阅读，享受每一刻日常。

陆烨华

产品经理：杨子兮
视觉统筹：马仕睿 @typo_d
印制统筹：赵路江
美术编辑：程　阁
版权统筹：李晓苏
营销统筹：好同学

豆瓣 / 微博 / 小红书 / 公众号
搜索「轻读文库」

mail@qingduwenku.com